CANALE TERMINALE

ELEONORA COLETTA
- vedova di malasanità -

CANALE TERMINALE

con le testimonianze di
Tina Albanese, Pia Balestra, Angela Cortese, Antonella Dandolo, Antonio Del Sole, Paola Regina, Donato Ricci, Venere Rotelli, Rosanna Valentini, Danilo Minolfo

Prefazione di
Maria Giovanna Maglie

Postfazione di
Bernardo Cervellera

il fuoco ha da ardere
1925
CANTAGALLI

Grafica di copertina: Matteo Cenni

In copertina: Foto © iStock by Gettty Images

Stampato nel marzo 2023 presso la Puntoweb S.r.l. - Ariccia (Roma)

ISBN: 979-12-5962-366-9

Fatti non foste a viver come bruti,
ma per seguir virtute e canoscenza.

D. ALIGHIERI, *Inferno*, canto XXVI

PREFAZIONE

di Maria Giovanna Maglie

Il dolore di chi resta non conosce tregua, soprattutto di fronte alle numerose domande lasciate senza risposta. Tante, troppe, le morti sospette nell'ospedale oncologico San Giuseppe Moscati di Taranto, tra malasanità, disorganizzazione e incompetenza del personale sanitario che si è trovato completamente impreparato di fronte alla seconda ondata dell'emergenza Covid.

Siamo tra novembre 2020 e maggio 2021. Si concentrano tutti attorno a quel periodo i casi presi in esame da Eleonora Coletta, che nella vita fa l'avvocato. Il doppio lutto che ha subito due anni fa, quando nel giro di pochi giorni ha perso sia il padre che il marito, entrambi morti nel nosocomio pugliese, l'ha spinta a scrivere questo libro che si pone a metà strada tra una cronaca di quanto accaduto all'ospedale Moscati di Taranto e una denuncia di episodi di insensibilità umana e inefficienza delle cure, se non addirittura di malasanità.

"Canale terminale" è il nome che il personale sanitario assegna alla Rianimazione, l'ultimo luogo in cui i malati vengono portati prima dell'inevitabile fine. Una strada a senso unico dalla quale non è possibile fare ritorno. Partendo da qui, Coletta racconta – con le emozioni di una donna ferita e la determinazione di un legale che chiede soltanto giustizia per le vittime e le loro famiglie – l'agonia e la morte del padre Francesco, prima, e del marito Dario Maniglia, poi, analizzando le cause di decessi che, secondo successive ricostruzioni, potevano essere evitati.

Alla vicenda di Eleonora si aggiungono le testimonianze di altre mogli, di altri figli, che hanno perso mariti, padri, sorelle e fratelli, in una sorta di racconto corale che ha come filo conduttore il dolore e la ricerca della verità. Dolore per la perdita, a volte inspiegabile, delle persone care e per le modalità in cui sono stati trattati e curati i pazienti prima del decesso. Lasciati soli, senza contatti con l'esterno e spesso anche senza la possibilità di comunicare con le famiglie attraverso telefono e internet, spaventati e umiliati, i malati Covid se ne sono andati senza conforto e senza dignità.

Tuttavia, come ben evidenza Coletta portando a supporto prove documentali, molti di loro non sono stati curati in maniera efficace o non sono stati curati affatto. Cartelle cliniche incomplete o inesistenti, documenti provanti terapie frettolose se non addirittura errate, restituiscono il quadro di una situazione drammatica dalla quale il personale sanitario del Moscati di Taranto si è fatto cogliere di sorpresa, nonostante la seconda ondata di Covid fosse stata ampiamente annunciata nei mesi precedenti, quando l'Italia e il mondo intero avevano potuto tirare un sospiro di sollievo dopo i tragici mesi tra febbraio e maggio 2020.

Il tentativo di far luce su quanto accaduto nell'autunno dello stesso anno nel nosocomio pugliese è il presupposto dal quale parte questo libro ma anche la ragione alla base della fondazione del *Comitato Verità e Giustizia vittime Covid*

Moscati, istituito nel giugno del 2021 e di cui Eleonora Coletta è vicepresidente.

Il Comitato muove dall'esperienza dolorosa di chi cerca di far luce su quanto avvenuto in quei mesi a Taranto, dove impreparazione e inefficienza potrebbero aver aggravato le condizioni di salute dei malati Covid portandoli alla morte.

A due anni di distanza da quei dolorosi episodi, diventa più che mai doveroso fare chiarezza e analizzare quanto accaduto con rigore scientifico affinché se ci sono delle responsabilità, vengano accertate. Per restituire la dignità ai morti e la pace a chi resta.

INTRODUZIONE

Emblematica l'espressione che usa il primario di Rianimazione quando, alle 13:00 del 5 marzo 2021, mi chiama per avvisarmi che mio marito, Dario Maniglia, è stato trasferito nel suo reparto:

«Non doveva arrivare da me».

Confessione? condanna? forse la semplice conferma dell'ineluttabile. In quel reparto si va a morire.

L'ho contagiato io, mio marito.

Sono un avvocato e ho goduto del privilegio di essere tra i primi a vaccinarsi in Puglia: già il 19 di febbraio sono prenotata per l'Hub vaccinale. Subito dopo l'iniezione sto male, molto male. Avviso il medico dei sintomi ma non viene attivato nessun controllo. Certa che si tratti degli effetti collaterali del vaccino non mi fermo. Il 23 febbraio sono in Tribunale, non mi reggo in piedi. Dopo due giorni la situazione peggiora e mi viene il sospetto che non sia per causa della vaccinazione, così mi faccio un tampone. Risultato? Positiva al Covid. Avverto immediatamente il presidente del Tribunale, avviso i miei amici: è stata una mia premura, perché a Taranto non funziona nulla. Nessun sistema di tracciamento, né attivo né passivo. Siamo abbandonati a noi stessi. Al nostro senso di responsabilità. Ma non è sufficiente.

Non so quante persone ho infettato in quei giorni. Quello che so di certo è che sono stata io il veicolo di contagio di mio marito, delle nostre figlie (Elisabetta, Valentina e Cristina), di mio padre e di altri cinque membri della mia famiglia. Io vivrò il resto della mia vita con il senso di colpa per aver portato dentro le mura della mia casa la malattia, ma la responsabilità della morte dei miei cari non è né mia né del Covid, ma di chi non li ha curati. Di chi li ha lasciati morire in condizioni disumane.

Perché su nove contagiati del mio nucleo famigliare, i soli due a non essere sopravvissuti sono coloro che sono stati ricoverati presso l'ospedale Moscati di Taranto.

Sarà certamente un caso, ma ad oggi le morti simili sono centinaia. Tutti con le stesse caratteristiche e modalità.

Questo libro vuole essere la loro voce.

PERCEZIONI PERSONALI

Per me si va ne la città dolente,
per me si va ne l'etterno dolore,
per me si va tra la perduta gente.

D. ALIGHIERI, *Inferno*, canto III

Le morti sospette e i presunti episodi di malasanità registrati nel corso della seconda ondata dell'emergenza Covid presso l'ospedale oncologico San Giuseppe Moscati di Taranto, secondo il dottor Pierluigi Lopalco, ex-assessore alla sanità della Puglia nonché capo della task-foce anti-Covid della Regione, sarebbero: «Percezioni personali»[1]. Percezioni declassate a: «Bufale inventate da Tv e giornali»[2] dal direttore generale dell'Asl di Taranto, Stefano Rossi.

Se questa strategia di accusare i media di pubblicare fake news è stata, giustamente, bollata nel comunicato stampa Anaao-Assomed[3] di Taranto come uno: «Strumento ormai abituale quando non si sa come ribattere»[4], il funambolismo logico e lessicale di chi dovrebbe ergersi a garante della Salute non cambia tuttavia la realtà: i morti ci sono e sono tanti. Troppi. Percezioni? Forse, ma percezioni ampiamente condivise da un'intera città, quella di Taranto, che nella mala gestione dei pazienti Covid ha trovato la conferma al sospetto di una sanità che non cura e dell'imporsi dello stile di una Asl ormai solita nel rapporto con i

---

[1] F. Lato, *Commissione sanità, depositata legge opposizioni su commissione inchiesta ospedale Moscati*, "TeleNorba", puntata del 11-05-2021 [http://www.norbaonline.it/ondemand-dettaglio.php?i=111041].

[2] Ivi.

[3] Associazione Medici Dirigenti.

[4] Comunicato Stampa Anaao-Assomed Taranto, 13.08.2020.

sindacati e la cittadinanza a: «Negare l'ovvio o ignorare del tutto i problemi e non rispondere»[5]. Quadro desolante di un Servizio Sanitario sempre più allo sbando.

Questa incuria non sembrerebbe essere ascrivibile alla mancanza di fondi o a necessità di bilancio. Perché, come dichiarato nel marzo del 2021 da un dirigente medico che ha chiesto di rimanere anonimo ai microfoni de "Fuori dal Coro", gli ospedali di Taranto negli ultimi anni avrebbero ricevuto 70 milioni di euro extra per potenziare l'offerta sanitaria[6]. Tuttavia, l'Asl non avrebbe presentato i progetti e una parte di quei fondi sarebbe, secondo la trasmissione diretta da Mario Giordano: «Rimasta chiusa nei cassetti»[7].

Non solo. Le entrate complessive della sanità pugliese, una volta rapportate al numero di abitanti della Regione e calibrate sulla percentuale di abitanti che superano i 75 anni di età, sembrano essere in linea con quelle delle altre regioni italiane. Tralasciando i finanziamenti "extra", dal documento dell'Istat, *Dati statistici per il territorio - Regione Puglia*[8] del 2020, apprendiamo che, a fronte di una popolazione di 4.029.053 residenti al 1° gennaio 2019 (di cui 10,8% di 75 anni e più)[9]:

---

[5] Comunicato Stampa Anaao-Assomed Taranto, 16.08.2020.

[6] *Virus, sotto accusa le morti di Taranto: "Cos'è successo in quel reparto?"*, "Fuori dal Coro", puntata del 23-03-2021 [https://www.mediasetplay.mediaset.it/video/fuoridalcoro/virus-sotto-accusa-le-morti-di-taranto-cosa-e-successo-in-quel-reparto_F310754201011C25].

[7] Ivi.

[8] ISTAT, *Dati statistici per il territorio - Regione Puglia*, 16-05-2020 [https://www.istat.it/it/files//2020/05/16_Puglia_Scheda.pdf].

[9] Ibidem, p. 1.

Nel 2018 il finanziamento effettivo[10] della spesa sanitaria della regione Puglia ha raggiunto 7.366 milioni di euro pari al 6,4 per cento del totale dei trasferimenti nazionali spettanti[11] alle Regioni[12].

Quello che tuttavia diverge in modo significativo in Puglia rispetto alla media nazionale, è il numero dei dipendenti del Sistema Sanitario Nazionale. Sempre secondo i dati forniti dall'Istat, nel 2017 erano 34.634, pari a 85,4 ogni

[10] Il finanziamento effettivo rappresenta l'entrata complessiva mediante la quale ogni singola regione fa fronte alla spesa sanitaria corrente sul territorio di competenza. Esso determinato a partire dal livello di finanziamento ordinario ripartito per regione in ciascun esercizio, incrementato delle maggiori entrate proprie degli enti del SSN (fonte: MINISTERO DELL'ECONOMIA E DELLE FINANZE – RAGIONERIA GENERALE DELLO STATO MONITORAGGIO DELLA SPESA SANITARIA, Rapporto n. 6/2019).

[11] Al 1° gennaio 2019, il Piemonte, con una popolazione di 4.356.406 residenti (13,5% di 75 anni e più) registra un finanziamento effettivo pari a 8.439 milioni di euro (7,3% del totale dei trasferimenti nazionali spettanti alle Regioni); la Sicilia, con una popolazione di 4.999.891 residenti (10,3% di 75 anni e più) di 9.262 milioni di euro (8% del totale dei trasferimenti nazionali); la Toscana, con 3.729.641 residenti (13,5% con 75 anni e più) al 1° gennaio 2019, di 7.547 milioni di euro (6,5% del totale dei trasferimenti nazionali). Fonti: ISTAT, *Dati statistici per il territorio - Regione Piemonte*, 01-05-2020, p. 18 [https://www.istat.it/it/files//2020/05/01_Piemonte_Scheda_DEF.pdf]; ISTAT, *Dati statistici per il territorio - Regione Sicilia*, 19-05-2020, p. 1 [https://www.istat.it/it/files//2020/05/19_Sicilia_Scheda.pdf]; ISTAT, *Dati statistici per il territorio - Regione Toscana*, 09-05-2020, p. 1 [https://www.istat.it/it/files//2020/05/09_Toscana_Scheda_DEF.pdf].

[12] ISTAT, *Dati statistici per il territorio - Regione Puglia*, cit., p. 18.

10.000 residenti (-8,3 % rispetto al 2010)[13]: «Valore di 14,3 punti inferiore al dato medio nazionale»[14].

> Questo risultato si riflette negativamente anche sulla dotazione di personale medico e infermieristico che si attesta per le due categorie, rispettivamente, a quota 16 e 36 ogni 10 mila residenti, valore inferiore al valore medio italiano di poco meno di 1 punto per i medici e di quasi 6 punti ogni 10 mila abitanti per gli infermieri[15].

Per fare un paragone con le altre Regioni, sempre nel 2017, in Piemonte, Toscana e Sicilia si contavano rispettivamente 122,7 dipendenti ogni 10 mila residenti (-5,2 % rispetto al 2010)[16]; 130,7 (-3,7%)[17] e 82,4 (-2,2 %)[18].

La progressiva emorragia di personale sanitario, che ha investito l'intera Nazione, è attribuibile alle misure di contenimento del debito delle Regioni e, in particolare della spesa sanitaria. In Puglia, questa tendenza è stata aggravata dal fatto che, dal 2010 in poi, la Regione sia stata interessata da un piano di rientro dal disavanzo economico e finanziario anche in ambito sanitario, al quale si sono aggiunte: «Politiche di contenimento delle assunzioni»[19]. In una Regione abituata agli spot pre-elettorali in stile

---

13 ISTAT, *Dati statistici per il territorio - Regione Puglia*, cit., p. 18.

14 Ibidem, p. 19.

15 Ivi.

16 ISTAT, *Dati statistici per il territorio - Regione Piemonte*, cit., p. 1.

17 ISTAT, *Dati statistici per il territorio - Regione Toscana*, cit., p. 1.

18 ISTAT, *Dati statistici per il territorio - Regione Sicilia*, cit., p. 1.

19 ISTAT, *Dati statistici per il territorio - Regione Puglia*, cit., p. 18.

Mulino Bianco, governata da quella che sembra essere una «Disorganizzazione organizzata»[20], leggiamo dal comunicato stampa dell'Associazione dei Medici Dirigenti del 5 agosto 2020:

> La sanità pugliese è al collasso e, all'interno di un quadro regionale desolante, il servizio sanitario jonico è sempre più in declino. La Regione, dopo i tagli lineari alla sanità effettuati in passato e il nuovo piano di riordino, a ridosso delle elezioni di Settembre, con apertura di nuovi reparti e posti letto senza sapere dove trovare il personale, sta desertificando la sanità pubblica determinando nella comunità ionica un disagio ormai intollerabile. Questo mentre si moltiplicano le comparsate elettorali per inaugurazione di servizi organizzati alla meno peggio con personale insufficiente e, molte volte, in strutture che non sembrerebbero essere a norma [...][21].

Non è dell'inesorabile sfacelo del nostro Sistema Sanitario che si vuole indagare in questo libro che, è bene ribadire subito, non si pone nemmeno l'obbiettivo di cercare colpevoli, quanto di identificare le cause alla base delle troppe morti Covid avvenute in ambito ospedaliero.

Queste righe hanno solamente l'intento di non permettere che i morti Covid di Taranto, così come delle tante altre città italiane e non solo, siano giustificati con il piagnisteo dei fondi mancanti. Nel merito, non si tratta del

---

20 Comunicato Stampa Anaao-Assomed Taranto, 01.09.2020.

21 Comunicato Stampa Anaao-Assomed Taranto, 05.08.2020.

quanto, ma del come e, in particolare, della qualità se non altro discutibile delle cure erogate.

Siamo tutti consapevoli del quadro generale della sanità italiana, tanto a livello nazionale, quanto regionale e provinciale. E pur plaudendo allo sforzo richiesto agli operatori sanitari in questi due anni di pandemia, risulta impossibile non denunciare il progressivo deterioramento della qualità dell'assistenza, l'assenza pressoché totale di attenzione e umanità riservata ai pazienti ma, ancor più, la mancanza del rispetto della dignità della persona. Risulta difficile non palesare il serpeggiante sentimento di arrendevolezza nei confronti di una malattia rappresentata come fatale, quando non lo era; la sfiducia che alcuni medici hanno dimostrato nella possibilità di curare e di salvare le persone che si erano affidate a loro e che ora non ci sono più. Tutto questo non ha nulla a che fare con i fondi stanziati dallo Stato. Perché, se come conseguenza dei fondi extra rimasti chiusi nei cassetti di cui ci ha edotti la trasmissione "Fuori dal Coro", si parla di un: «Ritardo che hanno pagato con la vita i genitori di Angelo, Patrizia e Roberta insieme agli altri che si sono infettati e sono morti all'ospedale Moscati di Taranto»[22], abbiamo assistito impotenti al montare di un'ondata di negligenza, di trascuratezza nei confronti dei pazienti e di remissività dinnanzi al Covid. Come se quelle morti fossero vissute come inevitabili per cui non era necessario tentare ogni strada possibile per curare i pazienti. Ma era davvero così? Dichiara un sanitario del 118 che ha fatto un esposto in Questura:

---

[22] ISTAT, *Dati statistici per il territorio - Regione Puglia,* 16-05-2020, cit., p. 19.

> Era una situazione di abbandono totale, come ho detto al Procuratore. Insomma, quando sono andato in Procura, mi ha chiesto: «Scusi, secondo lei le morti potevano essere evitate?». Ho risposto di sì[23].

Le tante denunce depositate in Questura per le morti sospette avvenute presso l'ospedale Moscati di Taranto, sono la voce della disperazione e del degrado ai quali sono stati abbandonati i pazienti Covid. Sono l'immagine plastica dell'amarezza di mille famiglie distrutte, che esigono la verità su quello che è successo ai loro cari, che vogliono sapere se quelle vite potessero essere salvate. Le vicissitudini e le morti hanno lasciato segnali tangibili: testimonianze dirette, video, registrazioni audio. Non "percezioni". E nemmeno "bufale" inventate da Tv e giornali. Se non altro, perché il dolore pretende maggior rispetto.

---

[23] *Virus, sotto accusa le morti di Taranto*, "Fuori dal Coro", puntata del 16-02-2021 [https://www.mediasetplay.mediaset.it/video/fuoridalcoro/virus-sotto-accusa-le-morti-sospette-allospedale-di-taranto_F310754201006C11].

PRIMO GIRONE

Ed ecco verso noi venir per nave
un vecchio, bianco per antico pelo,
gridando: Guai a voi, anime prave!

Non isperate mai veder lo cielo:
i' vegno per menarvi a l'altra riva
ne le tenebre etterne, in caldo e 'n gelo.

D. ALIGHIERI, *Inferno*, canto III

LETTERA AL MIO AMATO PAPÀ

di Angela Cortese

Amore mio, sono Angela. Sono passati dieci lunghi mesi dall'ultima volta che ti ho visto e poi sei andato in quel maledetto posto dove hai fatto il salto ad altra vita solo e senza alcuna dignità.

Amore, quant'è difficile dover digerire tutto questo, quant'è difficile accettare che tu sia andato via privato di ogni cosa e per giunta della dignità umana di cui ogni uomo avrebbe diritto.

Tesoro mio, era il 1° novembre quando, a causa di quel maledetto virus, hai iniziato a respirare male; io non potevo vederti perché anch'io ero contagiata e Fausto, mio fratello, e la mamma mi hanno fatto la videochiamata perché tu volevi andare in ospedale in quanto ritenevi che la semplice Tachipirina non fosse una cura.

Purtroppo, quell'ospedale era la via del non ritorno, non si salvava quasi nessuno e la paura che tu dovevi andare là era immane.

Infatti, alle telefonate al tuo cellulare, il giorno 2 novembre e poi il 3 prima che tu spirassi, ha risposto sempre ed esclusivamente quel dottore preso dal panico che scaricava la sua ansia su di me.

Su di me papà, capisci? Gridava come un forsennato con me... mi diceva che non collaboravi e che saresti morto dopo dieci minuti, così com'è stato.

Ho chiesto di sedarti, ho chiesto di intubarti, ho chiesto di fare l'impossibile. Io ero lì, bloccata in casa, infetta e, per giunta, con te che andavi via senza un abbraccio, tra le urla scatenate di un medico a cui era sfuggita di mano la situazione.

Papà perdonami. Non sono riuscita a salvarti, non sono riuscita a far nulla per evitare che morissi in quel modo.

Il 2 novembre 2020, papy, venivi ricoverato, positivo al Covid, a mezzo del 118, presso quel maledettissimo ospedale Moscati di Taranto. Il ricovero avveniva intorno alle 2:30 del mattino. Durante tutta la giornata del 2 novembre Fausto, la mamma e io abbiamo avuto solo ed esclusivamente rapporti telefonici con te, a mezzo del tuo cellulare. Nessun numero di riferimento dell'ospedale e a quelli che sono riuscita a trovare non ha risposto mai nessuno.

La sera del 2 novembre, papà, mi chiedevi insistentemente di venirti a prendere perché lì morivi, dicevi che lì era un inferno. La mattina successiva hai telefonato a mamma con il tuo cellulare e le hai detto: «Venitemi a prendere altrimenti qui muoio».

Purtroppo io, papà, ho cercato di dire a mamma che, pur volendo fare di tutto per farti uscire, sarebbe stato impossibile sia accedere, sia farti dimettere.

Intorno alle 9:30 – 10:00 di quella maledettissima mattina, ti ho chiamato per sentirti e tranquillizzarti e, anziché rispondermi tu, mi ha risposto quel medico che urlava in maniera assurda al telefono: «Suo padre non collabora, suo padre non collabora! se non mette la Cpap[1] muore,

---

[1] Acronimo di *Continuous Positive Airway Pressure*, ossia la ventilazione meccanica a pressione positiva continua.

non collabora per niente». Queste urla erano esagitate e lui urlava così alla tua presenza papà.

Dopo una decina di minuti, ho riprovato a chiamarti ma ha risposto sempre lui, sempre con tono arrogante. Urlando mi ha detto che ti avevano messo la Cpap ma che non garantiva nulla, perché tu la Cpap non riuscivi a tenerla.

Passata un'oretta, mi arriva una telefonata dal numero fisso dell'ospedale. Il mio telefono era occupato e ho richiamato immediatamente. Dall'altra parte della cornetta c'era ancora quel medico che urlava in maniera bestiale dicendomi: «Suo padre non collabora e tra dieci minuti muore, lo capisce? preparatevi!». Io ho risposto: «Ma mio padre sta ascoltando quello che Lei dice?». Lui si è fatto ancora più nervoso: «Sì, sì. Sì, sta ascoltando, non collabora e quindi tra dieci minuti muore». Al ché gli ho chiesto quale fosse la saturazione e lui mi ha risposto: «Non ce n'è saturazione. Nessuna saturazione, tra pochissimo muore».

A questa telefonata io mi sono sentita malissimo e sono cascata per terra. Dopo una decina di minuti ho richiamato su quel numero fisso. Ha risposto ancora lui, urlando e dicendomi: «L'avevo detto che moriva dopo dieci minuti. Suo padre è morto, non c'è più».

È così che ho appreso la peggiore notizia della mia vita, tra le urla di un medico senza scrupoli che, a causa del suo nervosismo, ha fatto precipitare le situazione in meno di un ora.

A quel punto, dopo questo terribile momento, io ho cercato di capire in quale reparto tu fossi ricoverato papino mio e chi fosse il medico in questione.

Dopo varie e varie insistenze telefoniche, ho saputo che eri ricoverato nel cosiddetto "auditorium", non un reparto ma un container che faceva capo al 118. Ho appreso anche il nome del medico, anche lui del 118.

Caro papà. Non capisco per quale motivo non sei stato ospedalizzato, non capisco perché sei stato gestito dal 118 e non da un reparto con medici di reparto specializzati. Ma, soprattutto, non capisco perché quel medico si sia comportato come una bestia inferocita.

Negli ultimi attimi di vita proprio a te, mio amato papà, non è stato dato il rispetto della dignità umana della persona. Persino agli animali si fanno le carezze si dicono dolcezze quando stanno per morire. Ma a te, papà no, a te solo urla solo e terrore. Mi chiedo quale strategia medica positiva sia quella di incutere solo terrore?

Perché proprio a te?

Penso che tu sia stato gravemente maltrattato negli ultimi istanti della tua vita, non è possibile infatti, trattare e accompagnare alla morte una persona tra le urla, senza il minimo tatto e nemmeno una parvenza di umanità.

Papà, nessuno mi ha messo al corrente se alla fine sei morto indossando la Cpap oppure no e come sono stati gli ultimi istanti della tua vita. Non so che accertamenti ti abbiano fatto, non so le cure che ti hanno dato, non so i medicinali che prendevi, non so perché non ti abbiano dializzato con quel valore di creatinina.

Non so per cosa sei morto alla fine, non so le modalità, non conosco la tua sofferenza né quali siano state le tue ultime parole. So solo sei morto come una bestia, dannato e terrorizzato dalle urla di un medico.

Dopo alcuni giorni, ho cercato in tutti i modi il numero di telefono cellulare del dottore. L'ho chiamato con educazione per chiedergli spiegazioni ma lui, sempre un po' freddo, mi ha ripetuto le stesse cose, non soddisfacendomi in nessuna risposta.

Gli ho scritto prima dei messaggi tranquilli e poi, in data 15 novembre 2020, gli ho inviato una serie di messaggi che racchiudevano il mio stato d'animo e nei quali gli chiedevo come mai ti avesse trattato come una bestia e non come una persona.

Non penso sia corretto comportarsi così perché la situazione è sfuggita di mano a causa del nervosismo di un medico che non era neppure specializzato per quelle patologie. Non so se sia corretto che a tutt'oggi io non sappia nulla delle modalità e della situazione clinica di mio padre. Di come e del perché sia precipitata in pochissimo tempo.

Non credo che un medico del 118 si sarebbe potuto occupare al meglio della situazione di degenza di un malato Covid che, dopo le prime cure, avrebbe dovuto essere trasferito in un reparto con medici specializzati in Pneumologia o Malattie infettive. Invece, con la scusa dell'emergenza sanitaria che si sapeva sarebbe arrivata, il 118 si è occupato delle degenze.

Non sono un medico, tante cose non le capisco. Ciò che so è che in quell'ospedale non funziona nulla e che, dopo tante morti, l'auditorium è stato smantellato in una notte.

Papà, il mio saluto te lo faccio con questa lettera e con questa lettera ti chiedo di perdonami papà. Non ti ho saputo salvare. Perdonami papà, non ti ho neppure abbracciato…

Ti amo pa', fai buon viaggio.

Tua per sempre.

MEMORIALE DEL RICOVERO DI GIUSEPPE ANTONIO RICCI

di Donato Ricci

04.11.2020

Mio padre, Giuseppe Antonio Ricci, nei giorni precedenti (credo di ricordare a partire dal 30 di ottobre) ha accusato sintomi influenzali quali brividi di freddo, tosse secca al parlare, febbre (ma mai superiore ai 37.5°). Dal momento che ha passato la notte tra il 3 e il 4 novembre insonne, con tosse persistente ed evidente difficoltà respiratoria e viste le condizioni generali non buone, mio fratello Ricci Martino allerta la Centrale operativa del 118 intorno alle 14:30 circa. La Centrale operativa comunica a mio fratello che l'ambulanza è disponibile e che è pronta per prestare soccorso. L'ambulanza, accompagnata dall'auto medica, arriva al domicilio dei miei genitori in circa 10-15 minuti. Viene fatta una valutazione medica dove si constatata la necessità di infondere ossigeno a mio padre per aiutarlo nella respirazione. Il medico ci invita a prendere una decisione: dovrebbe essere trasportato all'ospedale Moscati di Taranto per "essere valutato". Ci viene spiegato che l'attuale situazione pandemica impone, prima di un ricovero, l'effettuazione del tampone Covid-19. Se positivo, verrà ricoverato presso il reparto Covid del Moscati; se negativo, in altra struttura. Ricordo che mio padre era molto timoroso perché il giorno prima, il 3 novembre, aveva appreso della morte del caro amico e collega della Polizia di Stato, Francesco Cortese, sempre nello stesso ospedale. Ricordo le sue testuali parole: «Io non è che proprio voglio andare».

Le condizioni, almeno visivamente, ma poi confermate dal medico intervenuto, non suggeriscono di poter rimanere a casa e, così, si convince a recarsi in ospedale. Prima di andare via, chiede che venga fatta vedere la sua storia clinica al medico presente. Mio padre, con patologie cardiache, custodisce tutta la sua documentazione ed è solito farla visionare ai medici ogni qualvolta se ne sia presentata la necessità. Ricordo che all'arrivo dei soccorsi è in pigiama nel suo letto e, prima di uscire di casa, chiede di recarsi in bagno per urinare. Si organizza quindi il trasporto: mio padre con il pigiama di colore blu e in ciabatte, avvolto in una coperta di colore grigio di suo possesso, entra da solo in ascensore e si reca al piano terra dove l'attende il personale medico con la barella. Ricordo che il personale vuole aiutarlo a stendersi ma lui preferisce fare da solo. Quindi viene portato in ambulanza in barella, con una maschera di ossigeno. Gli viene da noi consegnato il suo telefono cellulare, che porta con sé. Nel frattempo, di tutta fretta, insieme a mia madre e a mio fratello, organizziamo una busta con tutto l'occorrente necessario per un eventuale ricovero. Una busta contenente della biancheria intima (circa 3 cambi completi composti da canottiera, slip e calze), il carica batteria del suo telefono cellulare, una bottiglietta d'acqua che porta con sé in ambulanza.

Mio padre entra in ambulanza alle ore 15:11 del 4 novembre del 2020, come riportato nella foto da me scattata con il mio telefono cellulare. Ci viene quindi confermato che sarà trasportato all'ospedale Moscati di Taranto per una valutazione del suo stato di salute. Mentre viene trasportato in ospedale mio fratello, mia madre e io ci adoperiamo per organizzare un borsone per la degenza. In questo borsone inseriamo altri tre pigiami, biancheria intima, bottiglie di acqua naturale da 2 litri e le medicine per la terapia quotidiana. Con mio fratello ci rechiamo in auto presso l'ospedale Moscati e sostiamo nel piazzale esterno in attesa di notizie. Ci mettiamo in contatto telefonico con nostro padre chiamandolo sul suo telefono personale, la prima volta intorno alle 18:14 circa. Ci riferisce di essere in ambulanza in attesa del tampone. Sostiamo lì fuori fino alle 20:44 circa, quando mio padre ci invita a ritornare a casa perché ci dice di aver fatto il tampone ma che l'esito non è immediato, che molto probabilmente resterà lì ed è inutile attendere oltre. Le sue parole esatte sono: «Ritornate dalle vostre famiglie, qui ci vuole ancora molto tempo». Dopo l'ultima telefonata decidiamo di consegnare il borsone al vigilante presente all'ingresso dell'ospedale. Sul borsone sono apposti nome e cognome di nostro padre, e la sua data di nascita. Decidiamo quindi di rientrare a casa. Intorno alle 23:30, mio padre chiama telefonicamente mia madre, non so ben dire se dal suo telefono cellulare o da un altro telefono. Le comunica l'esito positivo del tampone. Non ci sono altre comunicazioni per quel giorno.

1° giorno - 05.11.2020

La mattina del 5 novembre mia madre, mio fratello e io avvertiamo i nostri rispettivi medici di base dell'accaduto e ci mettiamo in quarantena, ognuno presso il proprio domicilio. Restiamo in attesa di aggiornamenti da parte dell'ospedale Moscati circa le condizioni di papà, aggiornamenti che non arriveranno mai. Iniziamo in mattinata a telefonare direttamente al telefono di papà, il telefono che aveva portato con sé il giorno prima e, attraverso il quale, abbiamo comunicato fino alla sera precedente. Mi accorgo subito che la ricezione non è ottima. Anzi, oserei dire piuttosto pessima dal momento che non riesco facilmente a mettermi in contatto con lui. Ho provato decine e decine di volte a chiamarlo, ma il suo telefono risulta sempre irraggiungibile. Sono riuscito a prendere la linea alle ore 12:42, 12:46, 12:51 e 12:57. Il telefonino squilla, ma lui non risponde al telefono. Riesco a parlargli solo due volte: alle 10:47 per 29 secondi e alle 12:54 per 1 minuto e 16 secondi. In queste telefonate mio padre appare "sereno" la comunicazione non è delle migliori per via della scarsa ricezione dei telefoni. Provo a richiamarlo ancora nel pomeriggio e riesco a prendere la linea una prima volta alle ore 17:05 e una seconda alle 20:59 ma mio padre non risponde. Nessuno dall'ospedale chiama me o i miei familiari per darci notizie sulle sue condizioni. La giornata finisce così.

2° giorno - 06.11.2020

Sono a casa in quarantena e provo per tutto il giorno a mettermi in contatto con mio padre chiamandolo al suo telefono cellulare, ma non riesco a prendere la linea. Non ricordo di averlo sentito al telefono quel giorno. Provo a chiamare alcuni numeri di telefono dell'ospedale, quattro dei quali ho conservato nella mia rubrica. Non ho mai ricevuto risposta da nessuno di questi numeri.

Nel pomeriggio dello stesso giorno, un mio collaboratore di lavoro ritira dal domicilio di mia madre una busta di colore arancio della marca sportiva "Givova" preparata con altri effetti personali, tra cui un telefono cellulare smartphone con la scheda di un operatore telefonico diverso rispetto a quello già in possesso di mio padre, con la speranza di poter comunicare. Il mio collaboratore si reca quindi all'ospedale Moscati per la consegna. I vigilanti presenti all'ingresso gli chiedono a quale reparto consegnare la merce e gli parlano di tende, di container e di un auditorium. Così il mio collaboratore mi telefona per chiedermi dove indirizzare la busta. A sua volta mi parla di container, di tende e di auditorium ed è in quel momento che apprendo per la prima volta di questi luoghi. Ricordo di aver riferito al mio collaboratore di non conoscere questi luoghi, di sapere soltanto che mio padre era lì per Covid-19. Il mio collaboratore, in diretta telefonica, informa il vigilante, il quale a sua volta dice di presumere si tratti del container. La busta con nome e cognome di mio padre viene affidata al vigilante, il quale inserisce la stessa in un contenitore presumibilmente riservato per le persone ricoverate nel container.

Nessuno dall'ospedale chiama me o i miei familiari per darci notizie sulle sue condizioni. La giornata finisce così.

3° giorno - 07.11.2020

Non riesco a prendere la linea in nessun modo. Mio padre è fornito da questo momento di due telefoni cellulari con due operatori diversi, uno Tim di sua proprietà e uno Illiad ricevuto in prestito. Ho provato a chiamare quattro numeri di telefono dell'ospedale: non ho ricevuto mai nessuna risposta da nessuno di questi. Nel corso della giornata, mio padre non prova ad effettuare nessuna chiamata, infatti nei suoi telefoni non vi è traccia di alcun tentativo di telefonata. Nemmeno nella cartella clinica è menzionato questo giorno. Successivamente, circa due mesi dopo, ricevo da conoscenti una foto sul mio telefono dove sia io che mio fratello riconosciamo nostro padre. La foto pare sia stata scattata da un operatore che prestava servizio lì proprio il giorno 07.11.2020 come lo stesso ha confermato alla persona di mia conoscenza che ha ricevuto questa foto. Ad oggi non conosco il nome di chi ha scattato quella foto. Il luogo è presumibilmente l'ingresso del pronto soccorso del Moscati.

Nessuno dall'ospedale chiama me o i miei familiari per darci notizie sulle sue condizioni. La giornata finisce così.

4° giorno - 08.11.2020

Per tutto il giorno provo a chiamare mio padre, ma entrambi i telefoni sono irraggiungibili. Riesco a parlare con mio padre alle 20:40 per 2 minuti e 18 secondi: mi riferisce di pranzare con della carne frullata, di fare colazione con il latte, la marmellata e le fette biscottate. La qualità audio è pessima.

Nessuno dall'ospedale chiama me o i miei familiari per darci notizie sulle sue condizioni. La giornata finisce così.

5° giorno - 09.11.2020

Provo tutto il giorno a chiamare a mio padre ma entrambi i telefoni sono irraggiungibili. In questo giorno il cognato di mio fratello, porta a mio padre al Moscati la biancheria intima e un terzo telefono cellulare di proprietà di mio padre, un Samsung SIII Neo, dove papà ha installato Whatsapp. Come si evince dai file poi acquisiti, con questo telefono mio padre la sera alle 20:52 e anche il mattino successivo, fa delle foto e dei video. In questi si vede una struttura prefabbricata completamente bianca, presumibilmente il container, dove mio padre è in un letto in una piccola stanza con la luce accesa, da solo, senza alcuna assistenza. Si sente il rumore di alcuni macchinari. Non ha nemmeno una coperta a coprirgli i piedi. Solo una busta di plastica sul letto, alla sua destra. L'ultima foto di quel giorno l'ha scattata alle 22:30. Per tutto il giorno non riusciamo a sentirlo. Lui ha provato a chiamarci ma i telefoni non prendono bene.

Nessuno dall'ospedale chiama me o i miei familiari per darci notizie sulle sue condizioni. La giornata finisce così.

6° giorno - 10.11.2020

Questa è una giornata molto particolare. Provo tutto il giorno a chiamare a mio padre, ma tutti e tre i telefoni sono irraggiungibili. Riesco a prendere la linea al telefono Tim alle ore 11:38, riuscendo a parlare per 4 minuti esatti. Cade la linea, riprovo e riesco a parlare nuovamente alle 11:44 per 4 minuti e 47 secondi, *questa è l'ultima volta che sentirò mio padre!* In queste due chiamate riusciamo a dirci pochissime cose, perché la ricezione è sempre disturbata. Abbiamo passato tutto il tempo a ripetere quello che non riuscivamo a capire. In quest'occasione riesco a farlo parlare anche con mia figlia: uno scambio di saluti affettuosi poi, prima di chiudere la telefonata, mio padre mi dice: «Donato, qui le cose tendono a precipitare». Non so bene a cosa si riferisse, in quelle ore si parlava del collasso del Moscati con decine di ambulanze che arrivavano. Non so se si riferisse alla sua condizione di salute oppure a ciò che stava avvenendo sotto i suoi occhi, non sono mai riuscito a chiederglielo. Alle 19:05, tra gli innumerevoli tentativi che mio padre fa di chiamare noi familiari, c'è quello ad un suo ex-collega di Polizia. A quest'ora risulta infatti partita dal telefono Tim di mio padre una chiamata al suo collega. Questa telefonata non giungerà mai a destinazione perché, a causa della scarsa ricezione, non riesce a prendere la linea. In serata mia madre riceve una telefonata, questa volta da un telefono fisso 099, presumibilmente dal luogo in cui è ricoverato mio padre perché dall'altra parte del telefono c'è una persona (mia madre non sa ben dire se medico, infermiere, Oss...) che chiede a mia madre di far recapitare biancheria pulita, in quanto terminata. Mia madre rimane perplessa, rispondendo che la biancheria era stata inviata in quantità il giorno prima tramite il cognato di mio fratello. L'operatore le risponde dicendo di non trovare nulla di quanto dichiarato da mia madre. In quest'occasione, mentre mia madre parla al telefono con l'operatore, mio padre ascoltando la conversazione, inizia a parlare in vivavoce con mia madre dicendo:

«*Giovanna devi dire a Martino e a Donato di farmi uscire di qui, con una ambulanza anche a pagamento, anche in una clinica privata, chiamate la polizia!!!*».

A questa esclamazione mia madre dice:

«*Antonio cosa stai dicendo, ti ho mandato le 4 medicine*» e lui ribatte: «*non servono le medicine, non serve più niente, di a donato di non mandare nemmeno più l'acqua*».

Mamma allora dice:

«*Antonio ti mando un abbraccio*».

E lui:

«*Non serve nemmeno quello*».

A questa affermazione, così forte da parte sua, l'operatore interviene: «*noooo, dai non dire così*».

A questa sua richiesta di aiuto non abbiamo mai dato seguito, dando fiducia agli operatori e non credendo alle parole di papà. In un secondo momento, abbiamo scoperto che in questo giorno mio padre ha fatto ulteriori riprese video e foto col suo cellulare Samsung SIII Neo. La prima foto alle 06:40 del mattino del 10.11.2020: la stanza è a luce spenta. Alle 07:01, alle 07:02: il video riprende il suo pigiama con il quale era uscito di casa il giorno 04.11.2020 e altri effetti personali gettati su uno sgabello. Quel pigiama ci è stato poi riconsegnato sporco di feci insieme a una canottiera intima e dei boxer sempre sporchi di urina e feci. Sul letto c'è la coperta che aveva portato con sé in ambulanza il giorno del ricovero, ma che non si vede nelle foto e nel video del giorno prima. Sul letto alla sua sinistra c'è anche una bottiglia d'acqua da 2 litri e sul suo petto la sua borsa con i suoi effetti personali. Altre foto sono state scattate nel pomeriggio alle 16:31, 16:32. È sempre solo, non ci sono operatori con lui e nemmeno nel corridoio. Vi è molto silenzio, non si odono voci ma solo il rumore di sottofondo dei macchinari. In questo giorno mio padre cerca di chiamare noi famigliari e altre persone, ma non ci riesce a causa della cattiva ricezione dei telefoni. Nemmeno in questo giorno riusciamo ad avere notizie sul suo stato di salute da parte di un medico o altro operatore sanitario. A ben sei giorni dal suo ricovero non si hanno notizie in merito. Nessuno dall'ospedale si è preoccupato di contattare la famiglia.

7° giorno - 11.11.2020

In questo giorno nessuno di noi familiari riesce a contattare papà telefonicamente. I telefoni sono irraggiungibili. Nessuno di noi riesce a sentirlo.

Nessuno dall'ospedale chiama me o i miei familiari per darci notizie sulle sue condizioni. La giornata finisce così.

8° giorno - 12.11.2020

In questo giorno nessuno di noi familiari riesce a contattare papà telefonicamente. I telefoni sono irraggiungibili. Nessuno di noi riesce a sentirlo.

Nessuno dall'ospedale chiama me o i miei familiari per darci notizie sulle sue condizioni. La giornata finisce così.

9° giorno - 13.11.2020

In questo giorno nessuno di noi familiari riesce a contattare papà telefonicamente. I telefoni sono irraggiungibili. Nessuno di noi riesce a sentirlo.

Nessuno dall'ospedale chiama me o i miei familiari per darci notizie sulle sue condizioni. La giornata finisce così.

10° giorno - 14.11.2020

È sabato. Non ho notizie di mio padre da ben quattro giorni. Ricordo di aver visto una trasmissione televisiva della conduttrice di Mara Venier, nella quale il governatore della Puglia, Michele Emiliano, comunicava pubblicamente il suo numero di cellulare. In preda alla disperazione, cerco sul *web* quel numero. Provo a contattarlo. Gli scrivo nel pomeriggio alle ore 16:58 e ricevo la sua risposta al mio messaggio alle 21:30: «Me ne occupo subito». Dopo pochi minuti il Governatore mi chiama personalmente dal suo telefono cellulare e mi da notizie di mio padre. Mi dice che ha parlato con il reparto e che ha avuto notizie. Le condizioni, mi dice, non sono delle migliori, sono stabili ma non sono né buone né brutte. È stazionario e ha la Cpap (fino a quel momento non sapevo che mio padre avesse la Cpap). Dopo un colloquio durato un paio di minuti, il Governatore mi dice che mi farà contattare direttamente dal primario del reparto di Malattie infettive. Chiusa la telefonata ricevo quella del Primario, il quale sostiene di ricordarsi di mio padre e di essere stato in visita da lui la mattina insieme ad altri due colleghi, un cardiologo e uno pneumologo. Sostanzialmente mi da le stesse informazioni ricevute dal Governatore: mio padre è stabile, ha i suoi problemi cardiaci e quindi la situazione è stabile ma delicata. Chiedo al Primario che fossero ristabilite le comunicazioni telefoniche poiché erano quattro giorni che non riuscivamo più a sentirlo. Inoltre gli domando di ritrovare la sua biancheria, perché qualche giorno prima un operatore dell'ospedale aveva chiamato alla mamma per chiederle nuova biancheria, quando in realtà gliene avevamo inviata tanta, per ben tre volte. Il Primario mi dice che anche quelli sono problemi che vanno risolti e che se ne sarebbe occupato in prima persona il giorno dopo e che mi avrebbe dato lui comunicazione o tramite qualche altro collega. Sono le ore 22:30 circa di sabato 14 novembre. Saluto il Dottore e lo ringrazio, raccomandandomi di non abbandonarci e di darci notizie quotidiane di mio padre dal momento che avendo il casco, a loro detta, non può comunicare.

La giornata finisce così.

11° giorno - 15.11.2020

È domenica, sono in attesa, come promesso dal Primario, di ricevere notizie di mio padre ma nessuno chiama. I telefoni di mio padre risultano spenti da cinque giorni. In un secondo momento, scoprirò dalla cartella clinica che mio padre in questo giorno viene trasportato in ambulanza all'ospedale S.S. Annunziata di Taranto per una visita cardiologica. Ci sosta per 2:27 ore e poi viene ricondotto nuovamente al Moscati. Nessuno ci avverte di questo episodio che rimane perciò sconosciuto fino alla ricezione della cartella clinica.

Nessuno dall'ospedale chiama me o i miei familiari per darci notizie sulle sue condizioni. La giornata finisce così.

12° giorno - 16.11.2020

In questo giorno, continuando a non ricevere notizie da parte dell'ospedale e risultando i telefoni di mio padre perennemente spenti, mia moglie si reca personalmente al Moscati di Taranto. Viene ricevuta dai vigilanti ai quali chiede di avere notizie di mio padre, poiché sono giorni ormai che non abbiamo aggiornamenti sul suo stato di salute e non riusciamo a metterci in contatto con lui. Un vigilante fornisce un numero di telefono fisso, dice che questo numero è attivo proprio da quella mattina e serve per prenotare i colloqui telefonici con i medici. Quindi mia moglie torna a casa, componiamo quel numero e, dopo svariati tentativi, mi risponde una centralinista alla quale do le mie generalità e quelle di mio padre. Mi dice che verrò ricontattato da un medico dalle 14:00 alle 16:00 di quello stesso giorno. Alle 14:30 circa, ricevo una telefonata di un medico il quale mi dice che mio padre è stabile, è lucido, si alimenta da solo e che non sopporta la Cpap. Mi dice che gli hanno consigliato di non alimentarsi perché la Cpap provoca rigurgito e che sarebbe più opportuno non alimentarsi. Mi comunica che le condizioni sono delicate ma stazionarie, mi consiglia di richiamare anche alle 48 ore per avere nuove notizie. Le sue parole mi rincuorano, è l'unico giorno in cui l'ospedale contatta uno di noi per darci notizie di mio padre.

13° giorno - 17.11.2020

In questo giorno nessuno di noi familiari riesce a contattare telefonicamente mio padre. I telefoni sono irraggiungibili. Nessuno di noi riuscirà a sentirlo.

Nessuno dall'ospedale chiama me o i miei familiari per darci notizie sulle sue condizioni. La giornata finisce così.

14° giorno - 18.11.2020

In questo giorno mia madre mi chiama alle 8:30 la mattina e mi dice di essersi già prenotata al numero per il colloquio telefonico col medico. Le è stato detto che verrà quindi ricontattata, come accaduto a me il lunedì 16.11.2020 dalle ore 14:00 alle ore 16:00. Alle ore 10:00 del mattino mio fratello mi telefona e mi annuncia la morte di nostro padre sopraggiunta alle ore 5:30 del mattino e comunicataci dopo quasi 5 ore.

È la prima è l'unica volta che l'ospedale ci ha chiamato direttamente.

ERA ANTONIO BALESTRA

di Pia Balestra

Mio padre si chiamava Antonio Balestra e aveva ottant'anni compiuti da poco. Era un uomo sempre sorridente, con il cuore tenero e le mani robuste di un fattore appassionato della sua terra. Era un uomo in buona salute che la sera assumeva solo la pillola per la pressione, come molti anziani. Amava gli orologi d'acciaio e al suo ottantesimo compleanno gliene avevamo regalato uno tutto per lui. Mio padre andava estremamente fiero di quel regalo.

Il 24 ottobre 2020, un sabato sera, dopo cena, verso le nove, ho chiamato casa dei miei genitori come d'abitudine, giusto per un saluto e per augurargli una buona serata. In quella occasione, la mia mamma mi dice che mio padre non sarebbe venuto a telefono perché si preparava per andare a letto, per via di un leggere malessere. Nei tempi del Covid-19 nessun malessere purtroppo può essere considerato leggero e così mi sono precipitata a casa dei miei con un certo allarme, soprattutto perché nella mia famiglia, sia mia sorella che una delle mie nipoti erano già risultate positive al virus.

Mio padre aveva affrontato la pandemia con molta cautela. Era una di quelle persone che avevano dimezzato, se non cancellato drasticamente, tutte le sue solite uscite quotidiane. Aveva preso le istruzioni sanitarie anti-Covid con molta serietà. Quindi, quel sabato 24 ottobre, l'ho trovato molto agitato. Lo ero tanto anch'io.

La prima cosa che ho fatto, è stato misurargli la temperatura, perché mio padre avvertiva freddo e diceva di sentirsi un po' giù. Indossava già il suo pigiama celeste, pronto a infilarsi a letto. In effetti aveva una temperatura di 39°C. Mia madre, la stessa sera, aveva 38 °C. Essendo sabato, ero certa di non poter ottenere un incontro con il medico di famiglia e ho dovuto aspettare sino al lunedì per poter parlare con un dottore.

Lunedì, nel primo pomeriggio, sono tornata da mio padre con una serie di prescrizioni che avevo ottenuto dal medico curante: aerosol, antibiotici e fermenti lattici. Quello stesso lunedì ho ritenuto opportuno contattare immediatamente l'Usca e segnalare i sintomi di mio padre. Purtroppo, la macchina dell'Usca arriverà solo quattro giorni dopo, venerdì 30 ottobre. Quel giorno, la squadra di operatori registra a mio padre un grado di ossigenazione dell'88% e ritiene opportuno allertare il 118 di Mottola. L'ambulanza porta mio padre all'ospedale San Giuseppe Moscati di Taranto, dove rimane fino a mezzanotte. A quell'ora viene riportato a casa per mancanza di posti letto.

Il giorno dopo, sabato 31 ottobre, è un giorno il cui ricordo mi causa ancora adesso un grave peso al cuore. Mia madre chiama nuovamente l'Usca, per aggiornare del basso grado di saturazione di mio padre. Gli operatori contattano nuovamente il 118 e viene inviata una seconda ambulanza. Ho visto mio padre scendere le rampe di scale e camminare verso l'ambulanza sulle sue proprie gambe. Se avessi saputo che quelli erano gli ultimi attimi che avrei trascorso con lui, il mio saluto sarebbe stato probabilmente diverso ma, in quel momento, ero convinta che mio padre andasse in un ospedale per rimettersi, per stare meglio. Le sue condizioni, dopotutto, non erano drammatiche.

Domenica, primo novembre, mio marito e io portiamo al Moscati tutto l'occorrente per la degenza di mio padre: gli effetti personali e anche un cellulare per poter comunicare direttamente. Quel cellulare sparirà quella stessa domenica. Non solo non abbiamo mai potuto comunicare con mio padre, ma non abbiamo potuto nemmeno riavere indietro il cellulare e custodirlo come ricordo. Posso anche concordare con chi crede che un cellulare sia solo un cellulare e non rappresenti invece la storia di una persona. Io, in effetti, mi aspettavo anche di riavere indietro l'orologio di mio padre. Quello che gli abbiamo regalato per i suoi ottant'anni. Ma, ahimè, è sparito anche quello. Era un oggetto così personale, intimo, un orologio d'acciaio proprio come d'acciaio era Antonio Balestra, mio padre.

Chiamare l'ospedale Moscati per avere notizie quotidiane di mio padre è stata un'impresa difficile. Spesso nessuno risponde e quando rispondono, di fatto, le parole dei medici o degli infermieri sono sempre rassicuranti, positive. Una volta ci è stato persino detto che mio padre è difficile da allettare per via della sua proattività.

L'unica chiamata diretta che abbiamo ricevuto dall'ospedale Moscati è quella del 10 novembre del 2020: da essere un paziente troppo dinamico per stare a letto, mio padre ha finito per avere una crisi respiratoria. Ed è morto.

Io sono una figlia che capisce benissimo le difficoltà che una pandemia senza precedenti ha portato in tutti gli ospedali del mondo. Laddove, in tempi regolari, un'infermiere riesce persino a mettere ordine tra gli effetti personali di un paziente, con un eccessivo numero di malati, comprendo che la cosa sia impossibile. Laddove un infermiere e un dottore prima riuscivano a trovare il tempo per parlare a telefono con la famiglia di un paziente, per spiegare diligentemente e confortare, nel corso della pandemia, questo gesto si è ridotto al minimo.

Ma nel caso di mio padre, non si è trattato di questo. Le spiegazioni ci sono state date, ma sono state brevi, impersonali e non veritiere. Gli effetti personali di mio padre sono stati gestiti dagli operatori, ma per sparire.

Anche la mia mamma ha preso il Covid-19 insieme a mio padre. Lei è rimasta a casa ed è guarita. È ancora con me.

Mio papà, invece, è morto per incuria e abbandono nell'ospedale San Giuseppe Moscati di Taranto e questa è una cosa estremamente difficile da accettare.

Era un uomo sempre sorridente e dal cuore tenero. Era Antonio Balestra.

LE PAROLE PIÙ BELLE

di Rosanna Valentini

Credo che le parole più belle in assoluto siano "mamma" e "papà". Sicuramente sono le prime parole che noi esseri umani pronunciamo. E sì sono brevi, ma racchiudono quanto di più prezioso e unico possediamo nel corso della vita. Vita che loro ci hanno donato, con sacrifici e amore. I miei genitori sono speciali, un esempio di vita onesta. Mi sono rimasti accanto nel bene ma, soprattutto, nei momenti di difficoltà. Degli angeli custodi. Purtroppo, ora, il mio papà, il mio angelo, non potrò più chiamarlo! Mi ha lasciato l'undici novembre del 2020. Un virus così piccolo e bastardo ha strappato dal mondo un grande uomo buono. Lo so che siamo in tante vittime di questo mostro; che in tutto il mondo si piangono padri, madri, fratelli, coniugi, figli… ma, a distanza di otto mesi, ancora non riesco a rassegnarmi e accettare la morte di mio padre. A volte penso di sognare il peggiore degli incubi e che, al risveglio, mio padre suonerà alla porta o si siederà lì al suo posto. Guardo il cellulare: il suo numero è rimasto lì, ma non mi chiamerà più. La realtà è così tristemente e crudele: non lo rivedrò mai più. Anche i piccolini della famiglia domandano: «Dov'è il nonno?». Rispondo: «Su, su nel cielo. Insieme agli angioletti».

Mio padre era un uomo speciale, unico: per bontà, disponibilità, pazienza; nessuno di noi ricorda di avergli sentito pronunciare la parola "no". Lui c'era sempre e comunque per tutti, neanche la sua età non più giovane lo fermava: amava tanto troppo la vita e la sua famiglia. Nessun problema nel corso della sua vita aveva mai spento la quella luce nei suoi occhi, quella voglia di fare, fare senza mai risparmiarsi. Fischiettava la mattina al suo risveglio, era sempre sorridente e premuroso con mia mamma, la sua adorata moglie. Della morte, papà non ne parlava mai. La voglia di vivere era predominante nel suo essere. Ai nostri occhi ci sembrava invincibile. Aveva patologie, ma ci conviveva benissimo. Era un "eterno giovane". Proprio per questo, anche se purtroppo non l'ho potuto vedere, sono sicurissima che abbia lottato fortemente fino al suo ultimo respiro. Non avrebbe mai lasciato senza combattere mia madre né tutti noi.

Il 3 di novembre, dopo alcuni giorni di febbre che saliva e scendeva, curato con Tachipirina (prescritta come da protocollo dal suo medico di famiglia) e trovandoci nella "seconda ondata", vengono i medici dell'"Usca a visitarlo. Refertano: «Iperpiressia da qualche giorno, buone condizioni cliniche generali, no reperti patologici all'auscultazione». Mio padre non sta male: mangia, non ha tosse né mal di gola né dolori al petto. Oltretutto, all'auscultazione, i medici ribadiscono a mia madre di stare tranquilla, perché i polmoni sono liberi.

Il giorno seguente, la febbre diminuisce, ha solo qualche decimo, però la saturazione si abbassa. Mio padre parla con affanno. Pensiamo quindi di chiamare il 118 per capire che cosa stia succedendo. Il sospetto che fosse Covid ci è venuto, ma solo perché incombeva la "seconda ondata". Ma poi ci diciamo: «ma no, sicuro, non è Covid. Non ha tosse né male al petto o alla gola, e continua a dirci di non sentirsi male». I medici del 118 decidono comunque di portarlo in ambulanza all'ospedale Moscati. Mio padre cammina, la febbre è a 37,4 °C, la saturazione è diminuita e avverte un po' d'affanno. Tutto quello che sto scrivendo è supportato dai referti della *Scheda pazienti* del 118.

In ambulanza gli fanno un prelievo ematico e il tampone per il Covid. Siccome quella notte ci sono tante ambulanze in fila, gli viene proposto di ritornare a casa, perché non è un paziente grave. Così lo riaccompagnarono a casa. Io vorrei tanto sapere perché, quella notte del 4 novembre, non è stata fatta un Tac o una radiografia per approfondire e capire se era davvero un paziente Covid? Mi chiedo perché sono stati eseguiti solo un tampone e l'emocromo? Infondo si tratta di un soggetto non più giovane, cardiopatico e diabetico. Proprio quelle patologie che sembrano portare alla forma grave del Covid. Ci hanno sempre detto che il Covid colpisce particolarmente chi ne è affetto. Ma la Tac non gli viene fatta.

Nel pomeriggio del 5 novembre, un medico dell'Usca telefona a mio padre telefonicamente e gli comunica che è risultato positivo al tampone Covid. Nonostante la terribile notizia mio padre continua a dirci: «Ma io non sto male, io non mi sento male». Però, nel rassicurarci, la sua voce è affannata.

La sera del 6, visto il persistere della dispnea, dietro consiglio del suo medico di famiglia (in contatto telefonico e mai a domicilio) e anche dei familiari (dopo tante insistenze nel convincerlo), richiamiamo il 118.

Preso in carico dal 118, viene portato nuovamente al Moscati. Per tutta la sera e l'intera notte, fino all'indomani mattina, viene tenuto in un corridoio, su una barella, in fila con altri poveri sfortunati. Il borsone, con biancheria e oggetti personali, buttato a terra. Papà senza acqua né cibo, condizione particolarmente grave per una persona con il diabete mellito! Ovviamente, fin da subito, cerchiamo di avere sue notizie, cosa che si è dimostrata essere molto difficile. Non solo il primo giorno, ma in tutti quelli del suo ricovero. Quando risponde, spesso il personale è sgarbato e infastidito. Quasi sempre dobbiamo richiamare, perché ci viene detto che sono molto impegnati. Quando riusciamo a parlare con un medico, la frase è sempre la stessa: «La situazione è seria ma stabile, non ha febbre e questo è un segno positivo». Inoltre ci viene continuamente detto che mio padre non collabora quando gli mettono la Cpap.

Quando riusciamo a parlare con papà al cellulare, ci dice che lì dentro è un inferno. Ho una registrazione del mio papà che, con un sibilo di voce palesemente dispnetica, che mi dice: «Sono due giorni che non mi fanno mangiare». Ribadisco papà è un paziente diabetico.

Ma cosa sta succedendo? anzi, cos'è successo? Mio padre è andato via da casa con le sue gambe, mangiava e diceva di non sentirsi male… e ora, dopo solo due giorni di ricovero, non riesce neanche più a parlare. Domenica 8 novembre 2020 mio padre telefona, chiedendoci di portargli le medicine che assume quotidianamente. Ci siamo chiesti come mai un paziente debba chiedere le medicine a casa quando è ricoverato in ospedale. A mia madre, papà dice non stare male, ma malissimo. Io ricevo alcune telefonate dal cellulare di mio padre, nelle quali non parla (forse non è in condizione di parlare?). Sento solamente il rumore dei cicalini dei macchinari. Ricordarlo mi fa impazzire dal dolore. Mi chiedo che cosa volesse dirmi. Nel mio cuore, sono sicura che ha provato a chiedermi aiuto, povero papà mio!

Il 10 novembre, papà telefona alla mamma verso l'ora di colazione. Le chiede dei pigiami, della biancheria intima. Non gli è rimasto più niente. Premetto che nel borsone che si era portato al momento del ricovero aveva diversi pigiami e numerosi cambi di intimo. Possibile dopo pochi giorni di degenza fosse già tutto sporco? Bah!!! Nella stessa telefonata, mia madre sente l'infermiera di turno che gli chiede: «Latte o tè?» E mio padre che risponde: «Latte, latte con caffè». Da questo breve scambio, deduciamo che è vigile e cosciente. Alle 18:00 dello stesso giorno, ci viene chiesto di portare all'ingresso del Moscati la biancheria intima, e così abbiamo fatto.

Ricordo che era buio e che il tricolore illuminava quell'ospedale, quasi a voler portare un po' di luce in quel luogo di tenebre e di morte. Un conforto a tutti quei poveri sventurati! Il Tricolore, ho pensato, che papà ha sempre onorato, orgoglioso com'era di essere un militare e un cavaliere della Repubblica. Quel pomeriggio, prima di andare in ospedale a consegnare il borsone, nel mio cuore ho sentito che non avrei mai più rivisto papà. Volevo con tutte le mie forze essergli accanto, stringergli la mano e accarezzarlo. Così ho pensato di scrivergli una lettera, pregando i medici o il personale ospedaliero di leggergliela qualora lui non fosse stato in condizioni di farlo. Un'ultima piccola coccola, una carezza al suo grande cuore.

Alle ore 05:00 dell'undici di novembre, mio fratello riceve la telefonata dall'ospedale Moscati. Papà ci ha lasciati.

A distanza di mesi, ho tanti dubbi su quei giorni nei quali papà è stato ricoverato. Non sono un medico e quindi non so se è stato fatto tutto e bene. Ovviamente non punto il dito, né cerco vendetta. No, questo sentimento non mi appartiene. Mio padre ha seminato amore e onestà e così voglio restare. Ma Giustizia e Verità, queste sì, le pretendo. Spero tanto che chi sa qualcosa in merito ai decessi che sono avvenuti in quell'ospedale possa parlare.

C'è un'altra cosa che voglio dire. Esattamente sette giorni prima dell'insorgenza della febbre, mio padre si è recato all'ospedale Santissima Annunziata di Taranto per effettuare un esame. Fatalità? Combinazione? Mah, sicuramente un altro atroce dubbio che tutto possa essere cominciato in quella sede.

Devo notiziare che tutta la sua biancheria, le medicine e gli oggetti personali (compresa quella lettera che gli scrissi) non ci sono mai stati restituiti.

Al mio grande dolore si aggiunge, devastandomi la mente, il corpo e il cuore, il rimorso per aver insistito per il suo ricovero. Mio padre non voleva *assolutamente andare all'ospedale moscati*, poiché quella struttura godeva già di una cattiva nomea. Non saprò mai se rimanendo a casa, come lui voleva, si sarebbe salvato. Quello che so di certo è che ancora lo aspetto, anzi, lo aspettiamo. Il Covid è un virus maledetto che ha strappato la vita dei nostri cari, privandogli degli affetti, delle carezze e della dignità che meritavano e che si erano conquistati. Gli sono stati preclusi anche i funerali.

Mi auguro che chi ha operato l'abbia fatto in Scienza e Coscienza, facendo il possibile e l'impossibile per salvarli.

MINI-COVID & COVID STATION 118

Il ministro della Salute Roberto Speranza, nel suo libro *Perché guariremo, dai giorni più duri a una nuova idea di salute*, definisce l'estate del 2020: «L'estate del nostro scontento»[1]. Sottoscriviamo questa definizione, ma per motivi diametralmente opposti. Infatti se il Ministro, nel saggio inspiegabilmente ritirato dalle librerie a poche ore dal lancio[2], lamenta l'irresponsabilità degli italiani e in particolare dei giovani nel lasciarsi andare all'euforia estiva, finanziata e incentivata dal Bonus vacanze del Governo[3], dal nostro canto denunciamo il languire delle Istituzioni nell'applicazione di quei tanti *Piani Sanitari* studiati e preparati in previsione di un riacuirsi del Covid.

---

[1] R. SPERANZA, *Perché guariremo. Dai giorni più duri a una nuova idea di salute*, Feltrinelli, Milano 2020.

[2] G. DE LORENZO, *"Lo ha ritirato definitivamente". La verità sul libro di Speranza*, "ilGiornale.it", 12.01.2021 [https://www.ilgiornale.it/news/politica/ha-ritirato-definitivamente-verit-sul-libro-speranza-1914240.html].

[3] Il "Bonus Vacanze" è parte delle iniziative previste dal cosiddetto "Decreto Rilancio" che offriva un contributo fino 500 euro da utilizzare per soggiorni in strutture turistiche italiane. Fonte: AGENZIA DELLE ENTRATE, *Bonus vacanze* [https://www.agenziaentrate.gov.it/portale/web/guest/bonus-vacanze1].

Non siamo nella prima fase dell'Emergenza ma nella cosiddetta "seconda ondata". Non siamo a marzo del 2020, ma in autunno inoltrato. A partire dai primi giorni di ottobre, dopo alcuni mesi di tregua pandemica, il numero dei contagi riprende vertiginosamente e inesorabilmente a crescere, e il Sistema Sanitario si scopre nuovamente impreparato. Non che l'allarme su una possibile "seconda ondata" non fosse stato lanciato, in particolar modo per il Sud Italia. Infatti la circolazione del virus in forma minore e attenuata, che ha permesso al Meridione di uscire pressoché indenne dalla "prima ondata", comporta un rovescio della medaglia. Come spiegato il 5 agosto dall'epidemiologo Pier Luigi Lopalco, capo della task-force anti-Covid della Regione Puglia: «Da Trieste in giù, come dice Raffaella Carrà, il virus ha ancora praterie di suscettibili da infettare»[4]. Sulla stessa linea il "Quotidiano di Puglia" che intitolava: *I contagi? Moltiplicati per nove. Ma il 99% dei pugliesi "rischia":*

> I 35mila pugliesi entrati in contatto col virus sono lo 0,9% della popolazione residente in Puglia. Questo vuol dire tuttavia che il restante 99% è ancora a rischio e può essere contagiato dal Covid. Da qui gli appelli alla prudenza[5].

Appelli alla prudenza volti, al contempo, a rassicurare la popolazione sul buon operato del mondo politico e istituzionale. Del 24 luglio l'intervista a Michele Emiliano, governatore della Puglia, in cui dichiara che:

---

[4] M. Scagliarini, *Puglia, a rischio contagio oltre 4 milioni di persone*, "Gazzetta del Mezzogiorno", 05.08.2020.

[5] V. Damiani, *I contagi? Moltiplicati per nove Ma il 99% dei pugliesi "rischia"*, "Quotidiano di Puglia", 05.07.2020.

Il virus è circolante e attivo. Noi siamo pronti ad affrontare la seconda ondata del Covid, la task force è attiva, con il professor Lopalco, con Vito Montanaro, con la Protezione Civile, con gli istituti di prevenzione. Lunedì firmeremo con le forze dell'ordine l'accordo di collaborazione per utilizzarle nelle indagini epidemiologiche. Siamo pronti ad affrontare la seconda ondata, continuando a vivere[6].

Il 3 agosto viene pubblicato il *Piano Sanitario Coronavirus della Regione Puglia* (Legge n.77 / 2020)[7] che recepisce le direttive dettate dal Decreto Legge 34 del 19 maggio 2020[8] (poi convertito nella Legge n. 77 del 17 luglio 2020)[9] e, nello specifico, l'Articolo 2: *Riordino della rete ospedaliera in relazione all'emergenza da Covid-19*. Vi si legge:

---

[6] *Emiliano convoca task force anti-Covid: "Serve attenzione". Lopalco: "Attività locale del virus spenta"*, "Bari Today", 24.07.2020 [https://www.baritoday.it/cronaca/coronavirus-emiliano-lopalco-task-force-puglia.html].

[7] *Piano Sanitario Coronavirus della Regione Puglia* (Legge n. 77/2020), 3 agosto 2020 [https://www.regione.puglia.it/documents/65725/218377/Riordino+ospedaliero+agosto-V0.4-rev+graf.pdf/c6fa89ed-cdf7-e5dc-5583-88315186c2d4?t=1596451934470].

[8] Decreto Legge, 19 maggio 2020, n. 34, recante: "Misure urgenti in materia di salute, sostegno al lavoro e all'economia, nonché di politiche sociali connesse all'emergenza epidemiologica da COVID-19" (20A03914)[https://www.trovanorme.salute.gov.it/norme/dettaglioAtto?id=74741&completo=true].

[9] Legge del 17 luglio 2020, n. 77, in materia di: "Conversione in legge, con modificazioni, del decreto-legge 19 maggio 2020, n. 34, recante misure urgenti in materia di salute, sostegno al lavoro e all'economia, nonché di politiche sociali connesse all'emergenza epidemiologica da Covid-19. (20G00095) [https://www.trovanorme.salute.gov.it/norme/dettaglioAtto?id=74742].

Comma 1. Le regioni e le province autonome, al fine di rafforzare strutturalmente il Servizio sanitario nazionale in ambito ospedaliero, tramite apposito piano di riorganizzazione volto a fronteggiare adeguatamente le emergenze pandemiche, come quella da Covid-19 in corso, garantiscono l'incremento di attività in regime di ricovero in Terapia Intensiva e in aree di assistenza ad alta intensità di cure, rendendo strutturale la risposta all'aumento significativo della domanda di assistenza in relazione alle successive fasi di gestione della situazione epidemiologica correlata al virus SARS-CoV-2, ai suoi esiti e a eventuali accrescimenti improvvisi della curva pandemica [...].
Ai fini del presente comma e nel rispetto dei principi di separazione e sicurezza dei percorsi, è resa, altresì, strutturale sul territorio nazionale la dotazione di almeno 3.500 posti letto di Terapia intensiva. Per ciascuna regione e provincia autonoma, tale incremento strutturale determina una dotazione pari a 0,14 posti letto per mille abitanti.
Comma 2. Le regioni e le province autonome programmano una riqualificazione di 4.225 posti letto di area semi-intensiva, con relativa dotazione impiantistica idonea a supportare le apparecchiature di ausilio alla ventilazione, mediante adeguamento e ristrutturazione di unità di area medica, prevedendo che tali postazioni siano fruibili sia in regime ordinario, sia in regime di trattamento infettivologico

> ad alta intensità di cure. In relazione all'andamento della curva pandemica, per almeno il 50 per cento dei posti letto di cui al presente comma, si prevede la possibilità di immediata conversione in posti letti di Terapia intensiva, mediante integrazione delle singole postazioni con la necessaria strumentazione di ventilazione e monitoraggio. Al funzionamento dei predetti posti letto, a decorrere dal 2021, si provvede con le risorse umane programmate a legislazione vigente[10].

Tutto questo si traduce, per la Puglia in:

a) Incremento di 276 posti letto di Terapia intensiva rispetto ai posti letto già esistenti [...];
b) Riconversione di 285 posti letto di area medica in terapia semi-intensiva, allocati negli ospedali Covid;
c) Riorganizzazione della Rete Emergenza-Urgenza [...];
d) Implementazione mezzi di trasporto per trasferimenti secondari dei pazienti Covid-19, per le dimissioni protette e i trasporti interospedalieri dei pazienti non Covid-19;
e) Potenziamento della rete ospedaliera fino al raggiungimento degli standard previsti dal DM 70/2015.

Dunque, per riprendere le parole dell'assessore alla Salute Pierluigi Lopalco: «Siamo pronti ad affrontare la seconda ondata del Covid»[11]. Bene, anzi, benissimo. Almeno

---

10 *Piano Sanitario Coronavirus della Regione Puglia* (Legge n.77/2020), 3 agosto 2020, cit.

11 *Emiliano convoca task force anti-Covid: "Serve attenzione". Lopalco: "Attività locale del virus spenta"*, cit.

a parole. Perché, nel mondo reale, le strutture ospedaliere si dimostrano essere del tutto impreparate ad accogliere i pazienti Covid e si trovano ben presto al collasso.

Nonostante gli "incrementi", le "riconversioni", le "riorganizzazioni" e le "implementazioni", al due di novembre "La Gazzetta del Mezzogiorno" denuncia: *Taranto, al «Moscati» sono finiti i letti: pazienti ricoverati nelle tende*[12]:

> Attualmente l'ospedale "Moscati" ospita 82 pazienti affetti da Covid: 28 nel reparto Malattie Infettive; 18 nel reparto di Pneumologia; 28 nel Punto di primo intervento; 8 nel reparto di Rianimazione [...].
> In attesa che si liberino posti all'interno del "Moscati", i pazienti vengono accolti nella Covid Station 118 composta da 5 tende, un auditorium, le stanze adiacenti e un container. La finalità è quella di snellire "il traffico ospedaliero" e gestire l'urgenza, ma mancano ventilatori e ossigeno[13].

Facciamo un passo indietro.

A partire dal mese di giugno 2020, in vista della fase 2 della pandemia, nell'auditorium viene predisposta una postazione fissa del 118, con 2 letti nell'ingresso antistante i parcheggi e altri 3 / 4 letti nella zona più interna. Un luogo pensato per accogliere pazienti sospetti o presunti Covid,

---

[12] G. RIZZO, *Taranto, Al "Moscati" sono finiti i letti: pazienti ricoverati nelle tende*, "La Gazzetta del Mezzogiorno", 02.11.2020 [https: / / www.lagazzettadelmezzogiorno.it / news / taranto / 1258240 / taranto-al-moscati-sono-finiti-i-letti-pazienti-ricoverati-nelle-tende.html].

[13] Ivi.

eseguire tamponi, stabilizzare le situazioni critiche. Una sistemazione temporanea, dalla quale i pazienti dovrebbero esseri indirizzati ai reparti competenti, anche a seconda dei criteri clinici di positività / negatività Covid.

A questo spazio, si aggiunge il cosiddetto "Mini-Covid", modulo rianimatorio realizzato, grazie a un contributo economico del valore di 4 milioni di euro[14] della Banca d'Italia[15], dalla Protezione Civile della Regione Puglia con il supporto tecnico dell'Asset (Agenzia strategica regionale). Adiacente al padiglione Malattie Infettive, il reparto Mini-Covid:

> [Conta, NdA] venti posti letto distribuiti in 10 stanze di degenza dotate di ventilatori polmonari e complete delle apparecchiature mediche necessarie per l'assistenza in Terapia intensiva dei pazienti Covid-19 [...] (è costituita, NdA) da moduli prefabbricati assemblati in opera, in tempi estremamente rapidi [...] completo di un'impiantistica molto avanzata: condizionamento e ventilazione a pressione modulabile, impianti elettrici protetti con gruppo di continuità, impianti di gas medicali, rilevazione fumi e antincendio, videosorveglianza ed ogni altro impianto necessario alla completa fun-

---

[14] *Emiliano visita il nuovo reparto di terapia intensiva realizzato dalla Protezione Civile della Regione Puglia*, "Press Regione Puglia", 09.06.2020 [https://press.regione.puglia.it/-/emiliano-visita-il-nuovo-reparto-di-terapia-intensiva-realizzato-dalla-protezione-civile-della-regione-puglia].

[15] Cifra donata per la realizzazione di questi reparti presso il Moscati di Taranto e l'ospedale "Perrino" di Brindisi.

> zionalità. La possibilità di garantire anche la "pressione negativa" è fondamentale poiché non permette agli agenti patogeni di uscire dalla struttura; inoltre l'impianto consente un ricambio d'aria completo in 5 minuti [...][16].

Commenta, il presidente della Regione, Michele Emiliano:

> L'oncologico di Taranto [...] oggi dispone di 20 posti letto di Terapia intensiva, posti letto che sono stati predisposti per l'emergenza Covid, che rimarranno qui per sempre e costituiranno per tutte le esigenze del territorio una sicurezza importantissima e straordinaria. Consentiranno all'oncologico di agire in futuro per la maggiore tutela della salute delle persone, di operare anche con maggiore "arditezza" e soprattutto di avere un margine di sicurezza per le tante necessità dell'Oncologia che in passato purtroppo non eravamo in grado di assicurare. Resta il fatto che è anche un dispositivo Covid molto importante. Questo ospedale è quello che ha avuto probabilmente la migliore performance in guarigioni...[17].

Di tutt'altro avviso è, invece, l'Anaao-Assomed, che parla di un'inaugurazione come dell'ennesima "boutade

---

[16] *Emiliano visita il nuovo reparto di terapia intensiva realizzato dalla Protezione Civile della Regione Puglia*, cit.

[17] Ivi.

elettorale"[18]. Il tempo, che si sa è un gran signore, finirà per dare ragione al sindacato dei medici. Infatti, a causa dell'inadeguatezza degli spazi e di problemi strutturali, sembra che la destinazione del reparto Mini-Covid non sia stata accettata. "Sembra", perché non c'è nessuna notizia certa a riguardo e la confusione regna sovrana. Così come difficile raccapezzarsi sulla Tac mobile che avrebbe dovuto entrare in funzione in questi spazi, apparecchiatura essenziale e imprescindibile che: «Per una cifra intorno ai 61.000 euro al mese, (sembra, NdA) non abbia potuto fare le Tac con mezzo di contrasto per mancanza di spazio per l'iniettore»[19].

Con il sopraggiungere dell'autunno e l'aumento esponenziale di casi Covid, si registra un'impennata di accessi al Pronto soccorso e, contestualmente, un incremento di posti letto in queste strutture "di fortuna". Qui vengono trasferite numerose risorse in capo al 118, unitamente a sanitari del territorio (Martina Franca, Taranto sud e Castellaneta). Ci fornisce un quadro generale nel quale si sono trovati ad essere "ospedalizzati" i pazienti Covid un *comunicato stampa* Anaao-Assomed (26 ottobre 2020):

> In questo contesto, dopo la trasformazione del Ppi (Punto di primo intervento, NdA) del "Moscati" in Covid si assiste a scene da zona di guerra. Le tende, passate da tre a cinque, posizionate nel parcheggio delle "Malattie Infettive", tra le macchine in sosta, ospitano decine di pazienti che apprendiamo, e se fosse

[18] Comunicato Stampa Anaao-Assomed, 18.09.2020.

[19] Comunicato Stampa Anaao-Assomed, *Più fortuna che senno*, 03.09.2020.

vero sarebbe gravissimo in quanto in violazione della Legge, gestiti dal Servizio 118. Con una qualità dell'assistenza tutta da valutare nonché possibili rischi per pazienti e operatori. Ambulanze in fila per "scaricare" decine di pazienti con, sembra, la necessità di usare anche la camera dell'Usca per l'afflusso. Operatori che girano dappertutto o senza nessuna protezione o con le tute bianche anche in posti dove non andrebbero portate. E, infine, quello che non avremmo mai voluto o pensato di vedere. I pazienti in vetrina. Sembra di essere nella vecchia Amsterdam anni '70. Anche se i soggetti erano diversi. Passando davanti ai locali dell'ex Ppi, zona di transito abituale per molti utenti, che escono dall'ospedale e si dirigono al parcheggio, oltre che per il personale si vedono, attraverso le porte automatiche trasparenti, letti di degenza e, questa mattina, una paziente con maschera all'ossigeno. Zona Covid con operatore in tuta bianche e paziente, o pazienti considerato che si vedono tre letti, esposti alla pubblica visione. È un esempio di quello che ci si aspetta se non ci adeguiamo ai DPCM? Oppure, molto probabilmente, un'ennesima dimostrazione di quello detto fino ad ora. Non esistono linee guida, non ci sono protocolli e neanche buon senso. Una tenda o un foglio di carta non sarebbero stati sufficienti? Forse sarebbe il momento che la direttrice medica di presidio e chi la rappresenta presso il Moscati, meglio se accompagnati da chi le linee guida dovrebbe scrivere e, soprattutto, farle rispettare, iniziassero a girare per i tre Presidi del P.O.C. Cos'altro dovremo vedere prima della fine? Dobbiamo sempre aspettare l'intervento dei Nas? Qui non ci sono spot modello "Mulino Bianco" da girare ma solo vergognarsi per aver mancato di rispetto all'ultima cosa di cui dispone un malato in quelle condizioni: la dignità. Le misure messe in campo sembrano essere confusionarie, a effetto temporaneo e non risolutive. Finché non si elaborerà un piano serio continueremo ad assistere impotenti a queste situazioni. La vera lotta contro il virus è una lotta non solo per salvare gli ammalati ma, soprattutto, contro chi lo trasmette[20].

Di fatto, a partire dal mese di ottobre 2020, il Covid Station 118, diventa una sorta di "parcheggio"[21] per i pazienti Covid o sospetti Covid, affidati al 118 che, per sua stessa natura, non può accettare pazienti in regime di ricovero.

Di questa gestione dei pazienti Covid in carico al 118 non c'è traccia nel *Piano Sanitario Coronavirus della Regione Puglia*. Tanto che il dottor Giosafatte Pallotta, segretario per la regione Puglia dell'*Associazione Medici Dirigenti*, ha dichiarato ai microfoni di "Fuori dal Coro":

---

[20] Comunicato Stampa Anaao-Assomed, 26.10.2020.

[21] *Moscati: pazienti ricoverati nelle tende, il dg Rossi faccia chiarezza*, "Corriere di Taranto", 01.02.2021 [https://www.corrieredi taranto.it/2021/02/01/moscati-pazienti-ricoverati-nelle-tende-il-dg-rossi-faccia-chiarezza/].

> Quel reparto gestito dal 118 non esiste da nessuna parte. Non deve esistere, non esisteva né nel Piano, se pur fasullo, della Regione Puglia, ma non esisteva neanche come prospettiva, perché un reparto a gestione del 118 non è previsto[22].

Vero, perché il Servizio di Emergenza Territoriale 118 non è deputato al trattamento ospedaliero ma, come voluto dal DPR del 27 marzo del 1992 *Atto di indirizzo e coordinamento alle Regioni per la determinazione dei livelli di assistenza sanitaria di emergenza*[23], il 118 ha l'obiettivo di organizzare e gestire le attività di emergenza / urgenza sanitaria territoriale: «Assicurando il coordinamento di tutti gli interventi dal momento dell'evento sino all'attivazione della risposta ospedaliera, garantendo il trasporto del paziente all'ospedale più vicino e più idoneo alla gestione della patologia»[24]. Come si legge nel documento curato dalla Società Italiana Sistema 118 del 2012 *Criteri e standard del Servizio "118"*:

> La "mission" del Servizio di Emergenza Territoriale 118 può, quindi, essere sintetizzata nel tendere alla "riduzione delle morti evitabili e delle gravi disabilità conseguenti a situazioni

---

[22] *Virus, sotto accusa le morti di Taranto*, "Fuori dal Coro", puntata del 16-02-2021, cit.

[23] DPR del 27 marzo 1992, recante "Atto di indirizzo e coordinamento alle Regioni per la determinazione dei livelli di assistenza sanitaria di emergenza" [https://www.fnopi.it/wp-content/uploads/DPR270392.pdf].

[24] Ministero della Salute, *Le centrali 118 in Italia*, 13 giugno 2008, ultimo aggiornamento 15 novembre 2021 [https://www.salute.gov.it/portale/temi/p2_6.jsp?id=1051&area=118%20Pronto%20Soccorso&menu=vuoto].

> di emergenza – urgenza sanitaria" attraverso l'intervento diretto e qualificato con il primo trattamento sul luogo dell'evento ed il trasporto protetto all'ospedale competente[25].

Proprio in funzione di questo specifico ambito di operatività, il dottor Giancarlo Donnola, dirigente Asl e Segretario Aziendale di Anaao-Assomed Taranto, denuncia come:

> I medici e gli infermieri [del 118, NdA] dovrebbero avere una preparazione specifica esclusivamente in questo campo. Sicuramente, al contrario di quanto è accaduto a Taranto, dove non erano deputati al trattamento ospedaliero. In numero insufficiente e raccolti, sguarnendo il territorio. Abdicando, di fatto, a quello che è il compito del Servizio 118. Saper gestire l'emergenza al momento del fatto, non vuol dire essere in grado di provvedere alla gestione di pazienti che necessitano di ricovero e sono affetti da una patologia come il Covid che, spesso, complica altre patologie di base. [...] Personale destinato dall'"idea" di qualche irresponsabile, a mansioni che non erano le loro, esponendoli a gravi problemi medico-legali[26].

---

[25] SOCIETÀ ITALIANA SISTEMA 118, *Criteri e standard del Servizio "118"*, luglio 2012 [https://www.sis118.it/wp-content/uploads/2016/06/Standard_118.pdf].

[26] *Duro attacco del dott. Donnola (Dirigente Asl) a Balzanelli "Parla proprio lui?"*, "Puglia Press", 10.12.2020 [https://www.pugliapress.org/2020/12/10/duro-attacco-del-dott-donnola-dirigente-asl-a-balzanelli-parla-proprio-lui/].

Sembra infatti da "irresponsabili" affidare la gestione di pazienti Covid a operatori sanitari che non hanno nessuna specializzazione né esperienza nell'assistenza di pazienti ospedalizzati. La medicina non funziona così. Ogni medico, ogni infermiere, si forma in un settore specifico, maturando una serie di competenze imprescindibili per il buon funzionamento dell'assistenza sanitaria. Non possono essere dislocati a piacimento, a mo' di *jolly*. Senza considerare che chi non ha mai lavorato in un reparto ospedaliero, per Legge non è deputato a fornire assistenza ai pazienti. Questo non solo a tutela dei pazienti, ma degli operatori sanitari stessi che, nel caso del Covid Station 118 sono stati mandati allo sbaraglio senza preparazione né tutela.

Senza contare nemmeno che quel personale sanitario sottratto alle ambulanze, spesso ridotte a operare in assetto Victor (cioè con solo 2 autisti soccorritori), ha di fatto depotenziato e depauperato il servizio territoriale. Situazione che ha anche causato l'inevitabile intasamento dei Punti di Primo Soccorso. Con le interminabili fila di ambulanze con i pazienti a bordo in attesa dell'esito di un tampone. Attesa che, in alcuni casi, ha raggiunto le 10-12 ore. Il tutto per poi scoprire che proprio all'interno del punto di primo soccorso vi era una certa promiscuità tra pazienti positivi e pazienti sospetti. A testimonianza del fatto che il rigido sistema delle zone "pulite" e quelle "sporche" tanto rigido non era.

Questo allargamento autonomo delle competenze degli operatori del 118 sottratti al territorio, si accompagna all'estensione delle funzioni dei Punti di Primo Soccorso. Anche questa illegittima. Come indicato nel Decreto Ministeriale 70, al punto 9.1.5, i Ppi:

Esclusivamente a seguito della riconversione dell'attività di un ospedale per acuti in un ospedale per la post-acuzie oppure in una struttura territoriale, potrebbe rendersi necessario prevedere, per un periodo di tempo limitato, il mantenimento nella località interessata di un punto di primo intervento, operativo nelle 12 ore diurne e presidiato dal sistema 118 nelle ore notturne. [...]. La funzione dei punti di Primo intervento è la trasformazione in postazione medicalizzata del 118 entro un arco temporale predefinito, implementando l'attività territoriale al fine di trasferire al sistema dell'assistenza primaria le patologie a bassa gravità e che non richiedono trattamento ospedaliero secondo protocolli di appropriatezza condivisi tra 118, Dea (Dipartimento Emergenza e Accettazione, NdA), hub o spoke di riferimento e Distretto, mantenendo rigorosamente separata la funzione di urgenza da quella dell'assistenza primaria. Nei Punti di primo intervento non è prevista l'osservazione breve del paziente [...].
Nella fase di transizione verso la gestione del 118, la loro funzione per le urgenze si limita unicamente ad ambienti e dotazioni tecnologiche atte al trattamento delle urgenze minori e ad una prima stabilizzazione del paziente ad alta complessità, al fine di consentirne il trasporto nel Pronto soccorso più appropriato[27].

---

[27] Decreto Ministeriale, 2 aprile 2015, n. 70, in materia di "*Regolamento recante definizione degli standard qualitativi, strutturali, tec-*

Questo qualunquismo sanitario, che ha portato a modifiche organizzative senza alcuna delibera da parte dell'Asl in grado di garantire tutela tanto agli operatori sanitari quanto ai pazienti, che si è fatto beffe del rigido sistema della gerarchia sanitaria, sommato alla disorganizzazione generale, è probabilmente alla base delle tante, troppe morti avvenute nel Covid Station 118 dell'ospedale Moscati di Taranto tra l'ottobre e il dicembre del 2020, su cui la Procura ha aperto un'indagine. In una lettera indirizzata al presidente del Consiglio, Giuseppe Conte, il dottor Giancarlo Donnola chiedendo il commissariamento dell'Asl di Taranto e l'invio di una Commissione d'Ispezione ministeriale, riassume:

> […] Abbiamo passato il periodo di "tregua" estivo fortemente preoccupati. Abbiamo assistito cadere nel vuoto tutte le sollecitazioni alla Direzione Strategica dell'Asl di Taranto, dirette a chiedere di porre rimedio a tutte le deficienze riscontrate durante la prima ondata di pandemia e che hanno portato alla luce tutti i problemi, non solo locali, di una sanità gestita senza una programmazione specifica […].
> Esemplare per evidenziare l'impreparazione della Direzione Strategica è quello dell'ospedale oncologico "San Giuseppe Moscati". Ospedale Covid durante la prima emergenza, attualmente "afflitto" da una strana commistione tra Covid e reparti ordinari con pa-

nologici e quantitativi relativi all'assistenza ospedaliera" [https://www.camera.it/temiap/2016/09/23/OCD177-2353.pdf].

> zienti ad alto rischio come quelli ematologici e oncologici. Un parcheggio trasformato in tendopoli, senza servizi igienici e, all'inizio, sembra senza riscaldamento. Un auditorium trasformato in posti letto per triage e pretriage. Fattispecie ignota all'attuale legislazione sanitaria con soli due bagni. Un modulo prefabbricato per rianimazione Covid con 20 posti letto, probabilmente non a norma, trasformato in sede di degenza. Con un unico bagno. Sicuramente non a norma per la degenza. Questo senza parlare del fatto che i pazienti erano, e sono, gestiti, in assenza di ricovero, dal personale del Servizio 118 anche per diversi giorni consecutivi. Diversi sono stati i decessi tra questi pazienti, numeroso il personale che ha contratto il Covid[28].

Questa lettera conferma le ipotesi più drammatiche dei parenti dei malati Covid ospedalizzati tra l'ottobre e il novembre del 2020. Ipotesi, perché le informazioni che giungono dai famigliari ricoverati sono affidate a linee telefoniche precarie. Le immagini inviate tramite cellulare e i racconti raccapriccianti di chi si trova all'interno del Covid Station 118 sembrano uscire direttamente da un film dell'orrore: padri e madri abbandonati in container senza finestre, tra urina e feci; pazienti deceduti nell'abbandono più totale; stanze buie senza bagni, nelle quali l'unico

---

[28] *L'Anaao-Assomed (Donnola) scrive a Conte perché commissari la Asl di Taranto*, "Oraquadra", 08.11.2020 [https://oraquadra.info/2020/11/08/lanaao-assomed-donnola-scrive-a-conte-perche-commissari-la-asl-di-taranto/].

rumore è quello del cicaleccio dei macchinari sanitari; pazienti lasciati senza acqua né cibo che invocano i propri parenti di venirli a salvare. E poi le urla dei medici, l'insofferenza che si spinge fino alla cattiveria. L'articolo *Quello che gli altri non dicono: la reale situazione all'interno dell'Ospedale Moscati di Taranto,* pubblicato da "Oraquadra": raccoglie la testimonianza del padre di paziente Covid ricoverato presso l'ospedale Moscati:

> Riceviamo la segnalazione di un nostro concittadino, padre di un paziente Covid ricoverato all'Ospedale Moscati di Taranto e quello che ci racconta sarebbe incredibile se a raccontarlo e documentarlo non fossero persone di assoluta affidabilità.
> Un medico per ogni cinquanta pazienti circa, che ha la possibilità di visitare i singoli pazienti con una cadenza di una, massimo due volte a settimana. Le cure infermieristiche sono affidate ai volontari del 118 che però sono presenti in numero non adeguato alle necessità della utenza, con l'ovvia e drammatica conseguenza che i pazienti restano privi di assistenza per lungo tempo. Persone non autosufficienti, non in grado di svolgere autonomamente i propri bisogni fisiologici che rimangono prive di pulizia per molto tempo. Pazienti in evidente stato di alterazione psicofisica che sragionano e corrono nudi urlando all'interno della struttura, creando caos e disordine tra gli altri pazienti, spesso incapaci di muoversi e con grandi difficoltà respiratorie.

> Pazienti che rimangono in attesa in ambulanza per 12-15 ore prima che si riesca a trovare loro un posto letto arrangiato in un angolo della struttura, che al momento ospita 4-5 letti in stanze progettate per due posti letto. Una situazione generalizzata di caos e degrado resa drammatica dalle difficoltà respiratorie dei quadri clinici più complessi e dalla quasi totale mancanza di personale medico e infermieristico che genera nei pazienti un pesante senso di abbandono.
> Quanto detto è stato oggetto di narrazione diretta da parte di alcuni pazienti i quali sono riusciti a fare anche alcuni video che raffigurano lo stato dei luoghi e la situazione di emergenza[29].

In risposta alle innumerevoli accuse giunte da più parti per l'organizzazione dell'assistenza ai pazienti Covid presso l'ospedale Moscati, Stefano Rossi, direttore generale dell'Asl di Taranto, il 9 dicembre del 2020 ha indetto una conferenza stampa all'uscita dalla Procura della Repubblica. Il dottor Giancarlo Donnola commenta in tono sarcastico:

> Abbiamo assistito al seguito degli spot del Mulino Bianco, con attori alquanto improvvisati [...]. Si è assistito a uno show che potrebbe

---

[29] *Quello che gli altri non dicono: la reale situazione all'interno dell'Ospedale Moscati di Taranto*, "OraQuadra", 14.11.2020 [https://oraquadra.info/2020/11/14/quello-che-gli-altri-non-dicono-la-reale-situazione-allinterno-dellospedale-moscati-di-taranto/].

> essere definito di esaltazione pura, con i toni che potrebbero essere descritti come istrionici del dott. Balzanelli[30] e quelli lacrimevoli del dott. Cefalo[31] [...] che lascia pochi dubbi sulla capacità d'organizzazione e sulle competenze tecniche dei protagonismi[32].

Di fronte a questo spettacolo vergognoso, in cui l'autocelebrazione scema nel piagnisteo compiaciuto, senza il minimo rispetto per coloro che proprio nel Covid Station 118 hanno perso la vita, giustamente il dottor Donnola chiede al collega Balzanelli, se ha forse: «Scordato le decine di morti in questo nosocomio? Sembrano undici in una sola notte. Pazienti privi di cartelle cliniche, come sarebbe emerso dopo il sequestro della documentazione, effettuato dalla Polizia, in seguito al ritrovamento di una paziente morto su una sedia solo al mattino»[33].

Ma, al di là dell'irregolarità della gestione dei pazienti, è la drammaticità delle loro testimonianze e di quelle dei loro parenti a fare inorridire. A dimostrazione del fatto che spesso alla tragedia si accompagna lo squallore umano. Alcune di queste vicende sono state rese note da giornali e programmi televisivi. Come quella di Giovanna che, ricoverata insieme al marito presso il Covid Station 118

---

[30] Direttore della Centrale Operativa Provinciale Sistema Emergenza Territoriale "118" del Moscati di Taranto.

[31] Dottor Angelo Cefalo, operatore del 118 di Taranto.

[32] *Duro attacco del dott. Donnola (Dirigente Asl) a Balzanelli "Parla proprio lui?"*, cit.

[33] *Virus, sotto accusa le morti di Taranto*, "Fuori dal Coro", puntata del 16-02-2021, cit.

nel mese di novembre, ha raccontato alla trasmissione di Mario Giordano:

> [Carmelo, NdA] era morto sulla sedia. Passarono gli infermieri come se niente fosse e non guardarono proprio. Se ne accorsero quando vennero per portargli al colazione, che gli andarono vicino:
> "Il signore vuole la colazione?".
> "Ehi, ma questo è morto?!".
> Chiamarono l'infermiere, vennero, gli tolsero la maschera, fecero per metterlo sul letto e lui cascò a terra, perché era un pezzo d'uomo. Rimase a terra un'ora. Poi vennero, lo presero da terra, lo misero nella busta[34].

Altre storie sono state sommerse da una coltre di silenzio e dolore. Il quadro che emerge è disumano: sistemazioni improvvisate e precarie, reparti «di fortuna»[35], posti letto «arrangiati in locali che non avrebbero dovuto essere presi nemmeno in considerazione»[36] mancanza di attrezzature mediche, cartelle cliniche inesistenti, bagni inaccessibili o non funzionanti, pazienti accampati o, peggio, abbandonati tra i loro stessi escrementi; parenti che non ricevono notizie dei loro cari per giorni e giorni; oggetti scomparsi, smarriti o rubati. Pazienti e famigliari maltrattati psicologicamente, vessati, umiliati. Sono storie che

---

[34] Ivi.

[35] *Ospedali e gestione 118 confronto Asl-Comuni Situazione critica*, "Quotidiano di Puglia", 12.11.2020.

[36] *Duro attacco del dott. Donnola (Dirigente Asl) a Balzanelli "Parla proprio lui?"*, cit.

testimoniano come, nel Covid Station 118 del Moscati di Taranto, i pazienti non solo non siano stati curati, ma si siano visti privare della dignità di esseri umani. Di fronte a questo scenario, sul quale sta indagando la Procura, si difende così il dottor Balzanelli:

> Taranto stravince sul piano della qualità dei risultati: pazienti presi in carico immediatamente, pazienti che non hanno aspettato un minuto, pazienti che hanno fatto il tampone subito, pazienti che hanno fatto subito l'emogas. Ci sono stati però pazienti – ha precisato il presidente del 118 – che hanno rifiutato il primo ricovero mentre noi abbiamo constatato che stavano male. Hanno richiamato e rifiutato il secondo ricovero. Poi ci hanno chiamato una terza volta e alcuni di essi erano morenti; questi episodi rappresentano in qualche maniera l'espressione di questa irrispettosità da parte dei familiari[37].

Pazienti che sono morti. Tanti, troppi. Aggiungiamo noi sommessamente. Non si tratta di numeri nella macabra casistica di "morti Covid" alla quale siamo stati assuefatti, ma di persone strappate alla vita, di intere famiglie distrutte.

Ricordiamo che siamo nell'autunno del 2020, non a marzo. A partire dall'ottobre del 2020 i pazienti vengono

---

[37] *Taranto, pazienti Covid maltrattati, medico 118: "Frase mal interpretata". Asl: "Fornita corretta assistenza"*, "La Gazzetta del Mezzogiorno", 22.04.2022 [https://www.lagazzettadelmezzogiorno.it/news/taranto/1266135/taranto-pazienti-Covid-maltrattati-medico-118-frase-mal-interpretata.html].

stipati nelle tende e nei container dell'ospedale Moscati di Taranto, quando in Puglia sono disponibili altre strutture ospedaliere. Situazione della quale Fernando Sogari, ex-dirigente medico Asl di Taranto, commenta:

> Se c'è una struttura come questa (ospedale Umberto I di Mottola, *NdA*), il fatto criminoso su cui spero, prima o poi, di essere chiamato a dire la mia è perché non si è usato questo ospedale, nuovo[38].

L'ospedale di Mottola (24.000 m^2 in parte non utilizzati), non è l'unica struttura sanitaria pugliese a non essere attivata per la gestione dei pazienti Covid. Nel servizio di "Fuori dal Coro", del 16 febbraio 2021, vengono elencati:

> Ospedale San Marco di Grottaglie: non attivato fino al dicembre 2020;
> Ospedale Marianna Giannuzzi di Manduria: non utilizzato come ospedale Covid;
> Presidio ospedaliero Valle d'Itria di Martina Franca: non attivato fino al dicembre 2020;
> Presidio Territoriale di Assistenza (Pta) di Massafra (ex ospedale Matteo Pagliari): non utilizzato come ospedale Covid.

Chiedersi il perché non siano stati utilizzati i posti letto disponibili in questi ospedali, anziché ricoverare i pazienti Covid in strutture quali tende e container, non sembra essere una domanda inopportuna. Quale che sia la rispo-

---

[38] *Virus, sotto accusa le morti di Taranto*, "Fuori dal Coro", puntata del 16-02-2021, cit.

sta, se mai vi sarà una risposta, rimane l'evidenza che dalle scelte operate nella gestione della seconda ondata pandemica è dipesa non solo la vita di tante persone, ma anche il diritto alla dignità nella cura.

Chiudiamo questa pagina oscura, sottoscrivendo la denuncia dell'Anaao-Assomed riportata nel comunicato stampa dell'otto agosto 2020:

> La sanità tarantina è ormai al collasso e la Direzione Strategica invece di riunirsi ed esaminare i problemi, ipotizzando possibili soluzioni, continua a fare proclami tentando di vendere per scelte strategiche le situazioni ormai ingestibili e continuando a rifiutare il confronto con quelle Organizzazioni Sindacali che da mesi denunciano l'assenza di un piano strategico e il, sempre più veloce, deteriorarsi dell'assistenza sanitaria nell'Asl jonica. [...]. I problemi sono tanti? Basta non menzionarli e scompaiono da soli. Gli esempi sono tanti [...][39].

[39] Comunicato Stampa Anaao-Assomed, 08.08.2020.

ANAAO-ASSOMED
COMUNICATO STAMPA DEL 24-10-2020

Asl Taranto: anno zero. Non c'è ospedale nella provincia di Taranto che non sconti una drammatica carenza di personale in tutti i servizi. Ci sono pensionati, Co.Co.Co. e non specialisti ovunque.

[...] Da un lato il sovraffollamento, dall'altro la carenza di personale.

[...] È arrivata di nuovo, come tutti si aspettavano eccetto i vertici Asl, intenti a godersi le meritate ferie, vantando di risultati certamente dovuti già alla fortuna di essere stati raggiunti tardi dal virus che ai provvedimenti presi, la seconda ondata di pandemia. Solo che ora non ci aspettano tre mesi sofferenza e poi il sollievo dell'estate ma almeno sette mesi d'incubo. Quindi: non solo sovraffollamento dei Ps e dei reparti, ma anche pazienti da testare ed isolare. Si riesce? No. Nell'attesa del test e del posto letto i pazienti sono collocati in "aree grigie" che, quando ci sono, sono posizionati all'interno dei reparti e dove se non sono Covid positivi c'è il rischio che lo diventino. Sempre che non rischino l'infezione dovuta al fatto che le aree "grigie", come quelle "rosse" ipotizzate dall'amministrazione, sono collocate spesso in fondo al reparto con la necessità di attraversarlo tutto e il personale che entra ed esce è spesso protetto solo dalle famigerate, quanto quasi inutili, mascherine chirurgiche. Se poi diventano positivo, lo si scopre poi dopo qualche giorno. Intanto sono stati ricoverati in reparti "puliti" accanto, magari, ad un paziente guarito, senza Covid e che magari aspetta il posto letto in una lungodegenza. Cosa che si è verificata già più volte in diversi reparti ospedalieri della nostra Provincia. Risultato: panico generalizzato, personale medico ed infermieristico, già scarso normalmente, in quarantena. Il tutto dovuto alla più volte lamentata assenza, come sembra sia stato accertato anche dai Nas nel corso delle loro ormai frequentissime ispezioni, assenza di linee guida e protocolli.

[...] Se non avessimo ancora in mente tutto quello che è successo nei primi mesi dell'anno, potremmo pensare che il Covid-19 sia un alieno appena giunto nella Provincia di Taranto Moltissimi sono gli interrogativi posti. Cosa è stato fatto durante l'estate? Cosa pensa l'Asl di fare ora? Come trovare il personale necessario? Come organizzare il ricovero dei pazienti Covid e, soprattutto, di quelli non Covid? Risposte vaghe, quando sono state date. Sembrano il ritratto di chi non la più pallida idea di come organizzare un'Asl in corso di quella che è la seconda emergenza in pochi mesi. E l'Anaao, ormai consapevole dell'atteggiamento "negazionista" della Direzione dell'Asl, nel frattempo ha già inviato una richiesta di accesso agli atti. Nella speranza che il direttore generale risponda e non ci costringa per la quarta volta a rivolgerci alla magistratura. Il territorio non sembra in condizioni migliori. La maggior parte dei medici delle Usca, organizzate in fretta e furia durante la prima ondata Covid, sembra si siano dimessi nonostante i lauti stipendi. Cosa pretendere da giovani neolaureati senza nessuna formazione specifica mandati a combattere una guerra che fa paura a tutti? E nel frattempo cosa ha predisposto l'Asl per tutelare il poco personale in servizio negli ospedali e sul territorio? Sembra poco o niente. Focolai negli ospedali [...] e infermieri in quarantena. Per non parlare dei pazienti. Tracciabilità dei contatti = Un mistero [...]. Sembra che le linee guida, ignote anche ai sindacati, non prevedono il tampone a tutto il personale. Obbligo di tampone periodico non solo richiesto da Anaao per evidenziare la presenza di personale sintomatico positivo ed evitare quello che è già successo. Tampone negato dall'Asl ma definito "corretto" in una disposizione del 25 marzo del Ministero della Salute che, tra l'altro afferma che: "Questa misura, oltre a costituire una tutela per il personale sanitario è rilevante anche per i soggetti che vengono a contatto con il personale medesimo e, in questa prospettiva, lo stesso tipo di approccio va rivolto agli operatori tutti, sanitari e non, che operano nelle RSA, ove si concentra un alto numero di soggetti che, soprattutto per età, ma anche per presenza di comorbilità, sono particolarmente fragili ed esposti al rischio di forme severe o addirittura fatali di Covid-19".

E noi siamo già a due Rsa e una Casa di Cura con focolai d'infezione. In quella che sembra essere una totale e incomprensibile capacità di prevenzione e risposta. Per non parlare dei dubbi, risolvibili solo dalla Magistratura, sul reparto cosiddetto "Mini-Covid", della cui funzionalità e conformità all'uso non si riesce ad avere risposta...

«VENITE A PRENDERMI, QUI MUOIO»

Per molti di noi, chiamare il 118 rappresenta l'unica e l'ultima possibilità. I medici di famiglia spesso non rispondono al telefono e quando lo fanno non vengono a casa a visitare i loro pazienti. *Telemedicina*, la chiamano. Una medicina disumanizzata, che fornisce terapie senza effettuare una diagnosi. Secondo questa nuova "medicina", prendersi carico di una persona implica l'ascoltare dei sintomi descritti al telefono, per poi affidarsi ciecamente a un protocollo elaborato sulla malattia e non sul paziente. Nel caso specifico di sintomi Covid, il protocollo di riferimento è quello della "Tachipirina e vigile attesa". *Attesa di cosa?* vorremmo chiedere ai nostri medici, a quelli pagati con i nostri soldi. *Che la situazioni peggiori e precipiti?* Che il Covid, che inizialmente si presenta come una banale influenza, abbia il tempo di evolversi nella forma grave? Sembra di sì, almeno per la nostra personale esperienza. A quel punto, non rimane che contattare il 118 o le Usca[1].

[1] Unità Speciali di Continuità Assistenziale (Usca), istituite nel marzo del 2020 dal Governo per la gestione sul territorio dei pazienti Covid o sospetti Covid. Il compito delle Usca è quello di assistere a domicilio i malati di Covid-19, ospedalizzando, precocemente ed esclusivamente, i casi gravi.

Guardare i nostri cari salire sull'ambulanza, il più delle volte camminando sulle proprie gambe, ha rappresentato un momento di speranza. "Ora verrà curato" ci siamo detti. "Qualcuno si prenderà cura di lui, di lei". Non è stato così. Adesso, questa fiducia si è vaporizzata e in tanti abbiamo paura delle strutture ospedaliere.

Questa diffidenza nei confronti del Moscati di Taranto serpeggia già nell'ottobre del 2020, ma nell'affidare i nostri cari al 118, ci convinciamo che le voci circolanti sull'ospedale non possono essere vere. Quello che non sappiamo è dove, in realtà, i nostri cari stiano andando. Lo apprendiamo, troppo tardi, dalla descrizione che il dottor Giancarlo Donnola, presidente dell'Organizzazione sindacale Anaao-Assomed, ha fatto del Covid Station 118 nella già citata lettera indirizzata al presidente Giuseppe Conte ai primi di novembre. È in questo luogo che sono stati ospedalizzati, a nostra insaputa, i nostri parenti:

> [...] Un parcheggio trasformato in tendopoli, senza servizi igienici e, all'inizio, sembra senza riscaldamento. Un auditorium trasformato in posti letto per triage e pretriage. Fattispecie ignota all'attuale legislazione sanitaria con soli due bagni. Un modulo prefabbricato per rianimazione Covid con 20 posti letto, probabilmente non a norma, trasformato in sede di degenza. Con un unico bagno. Sicuramente non a norma per la degenza[2].

[2] *L'Anaao-Assomed (Donnola) scrive a Conte perché commissari la Asl di Taranto*, cit.

Da questa sorta di "baraccopoli" improvvisata, i pazienti ricoverati lanciano grida di aiuto ai famigliari. Richieste la cui gravità non è stata colta perché l'ospedale, nel sentito comune, è un luogo di assistenza, nel quale ci si prende cura a 360° dei pazienti. Per molti di noi è inimmaginabile anche solo sospettare che certe cose possano accadere.

Non aver dato la giusta fiducia ai nostri cari è uno delle cose che ci tormenta di più. Uno dei tanti terribili "se" che non ci lasciano più vivere, che quotidianamente ci tormentano.

Giuseppe Antonio Ricci non è per nulla convinto di andare in ospedale. Il giorno precedente al suo ricovero, ha appreso che il suo caro amico nonché collega della Polizia di Stato è deceduto presso la struttura. Tuttavia il suo tampone risulta positivo, le sue condizioni peggiorano, e l'unica possibilità di ricovero è il Moscati. Come abbiamo letto nel *Memoriale di ricovero di Giuseppe Antonio Ricci,* vergato da suo figlio Donato, al 6° giorno di ricovero, con una linea telefonica molto disturbata, il padre gli dice: «Donato, qui le cose tendono a precipitare». Il figlio non capisce esattamente a che cosa si riferisca. Ai tanti ricoveri? alle ambulanze? alla sua situazione clinica? Quello stesso giorno, come risulta dalla memoria del telefono, Antonio prova a contattare anche un ex-collega di Polizia. La telefonata però non parte, a causa della mancanza di linea. La sera, sua moglie viene contattata da un numero fisso dell'ospedale. Un non meglio specificato operatore, le chiede di far pervenire della biancheria pulita. Il marito, presente alla chiamata, le chiede disperatamente aiuto:

«Giovanna devi dire a Martino e Donato di farmi uscire di qui, con una ambulanza anche a pagamento, anche in una clinica privata, chiamate la Polizia!».

Lei non capisce, non può capire: «Antonio cosa stai dicendo, ti ho mandato le 4 medicine».

Lui ribatte: «Non servono le medicine, non serve più niente. Di' a Donato di non mandare nemmeno più l'acqua».

La donna risponde: «Antonio, ti mando un abbraccio».

Antonio risponde: «Non serve nemmeno quello».

Le fotografie ritrovate sul suo cellulare Samsung, dopo la sua morte, restituiscono un'immagine plastica di quanto quel grido di aiuto fosse drammaticamente reale.

Non è il solo grido di aiuto caduto nel vuoto. Per impossibilità di cogliere la gravità della situazione ma anche per la mancanza di un margine di azione concreto.

Francesco Cortese, di 78 anni, ricoverato nella notte tra il 1° e il 2 di novembre, la sera successiva all'ingresso al Moscati chiede disperatamente alla figlia di andare a prenderlo. Le dice che lì «È un inferno». I famigliari non sanno in che reparto sia stato ricoverato Francesco. Scopriranno in un secondo momento, che si trovava nell'auditorium del Covid Station 118.

Il giorno dopo, verso le 7:30, Francesco chiama la moglie dal suo cellulare e la prega: «Venitemi a prendere, altrimenti qui muoio». È in ospedale da meno di un giorno e quel grido di aiuto sembra surreale. Tutta la famiglia è positiva al Covid, in quarantena, nell'impossibilità oggettiva di intervenire. Quella stessa mattina Angela, avvocato, chiama al telefono suo padre. Non è lui a risponderle, bensì un medico o, più precisamente, quello che solamente dopo si scoprirà essere un medico. Non si presenta e quando Angela gli chiede delle condizioni del padre per tutta risposta si sente gridare: «Suo padre non collabora, suo padre non collabora! se non mette la Cpap muore, non collabora per niente». In preda al panico, Angela lo prega di fare qualunque cosa, di sedarlo se necessario. Poco dopo richiama. Risponde la stessa persona di prima: «Suo padre non collabora e tra dieci minuti muore, lo capisce? preparatevi!». Angela domanda se suo padre stia ascoltando quelle frasi rabbiose: «Sì, sì. Sì, sta ascoltando, non collabora e quindi tra dieci minuti muore». Poi la telefonata si interrompe. Angela ha preso a tremare ed è caduta a terra. Quando si riprende richiama. Ancora la stessa voce: «L'avevo detto che moriva dopo dieci minuti. Suo padre è morto, non c'è più».

È così che Angela apprende della morte di suo padre, dopo un solo giorno dal ricovero. Francesco Cortese era un uomo integerrimo, un servitore dello Stato. Probabilmente le ultime parole che ha udito prima di morire sono quelle gridate dal medico. Quel medico di cui solo tempo dopo scoprirà l'identità. Quel medico che si è poi giustificato dicendo che voleva: «Intimorire il paziente che rifiutava di mettere la mascherina»[3].

Angela non può sapere se suo padre, in circostanze differenti, si sarebbe salvato o sarebbe morto ugualmente. Sa però per certo che aveva diritto a una morte più dignitosa.

Quello che Rosanna Valentini sente al telefono è, invece, l'ombra di un fantasma. A soli due giorni dal ricovero, suo padre Pompeo è tanto debilitato da non riuscire a parlare. Nonostante l'età avanzata, Pompeo Valentini è un "Peter Pan". Sempre attivo, con una voglia di vivere

[3] D. PALMIOTTI, *L'Asl di Taranto si difende dopo i casi di presunta malasanità*, "AGI - Agenzia Italiana", 09.20.2020 [https://www.agi.it/cronaca/news/2020-12-09/Covid-medico-ospedale-moscati-taranto-delinquenti-ladri-10610539/].

incontenibile. Le sue condizioni, al momento della presa in carico dal 118, non sono gravi e viene riportato a casa dopo aver effettuato un tampone. Rosanna insiste per farlo ricoverare: l'esisto del tampone è positivo e suo padre soffre di diabete mellito e di cardiopatia, due patologie che predispongono alla forma severa di Covid. Come molti altri, Pompeo sale sull'ambulanza sulle sue gambe. Mangia, non ha febbre. Solo la saturazione è un po' bassa. Ospedalizzato, trascorre tutto il giorno e tutta la notte su di una barella. Le foto inviate tramite social, mostrano un corridoio, le barelle e il suo borsone abbandonato in terra. Pompeo, nei due giorni successivi si lamenta con i famigliari che in ospedale non gli danno da mangiare né da bere. Condizione particolarmente grave per un paziente diabetico. Anche le medicine mancano in ospedale: devono farle pervenire da casa. Ma quelli del diabete non sono i soli farmaci a mancare. Sembra infatti che nel Covid Station 118 i medicinali e i presidi medici necessari per la terapia dei pazienti non fossero disponibili. Che gli operatori sanitari dovessero farli recapitare dai colleghi che stazionano nella "zona pulita" del Punto di primo intervento.

Con il passare delle ore, Pompeo non riesce nemmeno più a chiedere aiuto ai famigliari. La sua voce si fa sempre più fievole, sembra non avere più la forza per parlare. Alla fine del secondo giorno, Rosanna riceve una telefonata dal papà: non parla. Il silenzio è rotto dai cicalini dei macchinari. «Non saprò mai cosa volesse dirmi. Forse voleva che lo aiutassimo».

Rosanna sente in cuor suo che non lo rivedrà mai più. Nella borsa che prepara per l'ospedale mette una lettera e prega le guardie ai cancelli di fargliela pervenire. Di leggergliela nel caso non fosse più in grado di farlo autonomamente. È l'unico modo che ha per fargli sapere che le è vicina, che non lo hanno abbandonato. «È l'ultima coccola, l'ultima carezza».

Rosanna non sa se quel piccolo gesto sia andato a buon fine, se qualcuno ha avuto la gentilezza e la delicatezza di leggergli la lettera.

Suo padre è morto a soli tre giorni dal ricovero. La lettera, così come gli altri oggetti, non gli è mai stata riconsegnata.

Pompeo Valentini, un uomo di grande fede, è stato sepolto senza funerale.

MORTO SOLO, SU UNA SEDIA

di Danilo Minolfo

Danilo è il figlio di Carmelo Minolfo, l'uomo trovato morto di cui la signora Giovanna ha raccontato a "Fuori dal Coro". Carmelo doveva essere dimesso dall'ospedale il 19 novembre 2020. Danilo gli ha parlato la sera prima. La cartella clinica, scarna, riporta: saturazione a 99%, pressione perfetta (60/120).

> Papà aveva paura di quello che stava vedendo intorno a sé, ma non mostrava instabilità. Non gli somministravano farmaci. Quando mi hanno chiamato la mattina dopo per dirmi che era morto, ho pensato a un errore, chiedevo: «Controllate il nome». Speravo, volevo con tutto me stesso che fosse un errore. Ma mio padre, poliziotto in pensione, se ne era andato in silenzio, senza che nessuno se ne accorgesse. Se non fosse stato per la signora Giovanna presente nella stanza, non avrei saputo la verità. Mi chiedo come sia possibile che papà sia stato dimenticato, già morto sulla sedia, trovato il giorno dopo, e soprattutto chi ha scritto in cartella clinica "arresto cardio

> circolatorio irreversibile, eseguite manovre di rianimazione, somministrate 6 fiale di X 4 fiale di Y; Alle 7:30 si constata il decesso.

Questa la testimonianza di Danilo. Testimonianza alla quale seguono delle domande che, ad oggi, non hanno trovato risposta:

> A chi hanno praticato la rianimazione e somministrato farmaci? A papà già deceduto? quando lo hanno fatto cadere a terra dalla sedia?
> Mi hanno restituito un sacco nero con il suo corpo e un sacco nero con le sue cose personali: sul cellulare video e foto di quello che accadeva intorno a lui, nomi delle persone decedute e una piccola bustina con dentro una ciocca dei suoi capelli. Chi l'avrà messa? e perché?
> In ogni caso l'unica cosa che mi resta di lui. Di un padre meraviglioso.

Carmelo Minolfo. Mio padre era un servitore dello Stato, è deceduto il 18 novembre 2020 da solo al Moscati di Taranto, abbandonato su una sedia.

CORTINA DI FERRO SANITARIA

Oltrepassata la soglia dell'ospedale Moscati di Taranto, alcuni pazienti Covid entrano di fatto in una zona d'ombra che rende difficile, laddove non impossibile, la comunicazione diretta con i famigliari.

Non sappiamo se, in conseguenza di questa interruzione dei contatti, si siano sentiti abbandonati dai propri cari. Se in cuor loro abbiano temuto di essere stati "scaricati" in quell'ospedale come bottiglie di vuoto a rendere. Se abbiano creduto che le terapie somministrate, le intubazioni fossero condivise con i famigliari. Non sappiamo quale sia stato il loro iter di ricovero, in quali reparti siano transitati né le terapie somministrate. Non lo sappiamo perché la comunicazione, una volta entrati nell'ospedale Moscati di Taranto nei migliori dei casi diventa difficile, nei peggiori si interrompe.

Il più delle volte, i cellulari sono irraggiungibili o suonano a vuoto. I messaggi non vengono visualizzati. Nessuna notizia giunge dalle persone ricoverate e non è concesso fargli visita.

L'unica possibilità per informarsi sulle condizioni dei propri cari sono i numeri di linea fissa dell'ospedale ma, anche questi, suonano quasi sempre a vuoto. Il personale sanitario non chiama per mettere al corrente la famiglia sulla situazione dei pazienti, ma sono i parenti a dover chiamare, negli orari prestabiliti. Prendere la linea e riuscire a interloquire con qualcuno si trasforma in un calvario quotidiano, un esercizio di precario equilibrio tra la disperazione e la pazienza, nel futile tentativo di non precipitare nella disperazione. Quando finalmente la linea è libera e qualcuno risponde, si parla con persone che non si presentano. Non è dato sapere se si sta interagendo con un medico, un infermiere, un Oss o chissà chi altri. Spesso si ha la sensazione di parlare con qualcuno di passaggio. Le informazioni che ci vengono trasmesse sono poche e molto confuse; spesso illogiche e discordanti. Una volta varcata la soglia del Moscati, i nostri cari si trovano di fatto sottratti al conforto e alla giurisdizione dei famigliari. Noi, invece, veniamo precipitati dall'altra parte di una cortina di ferro sanitaria.

Un non meglio specificato "operatore" risponde a Mariangela Leonardo, che ha chiamato per avere informazioni sullo stato di salute di suo padre Gianquinto ricoverato presso il reparto di Rianimazione. Le viene risposto: «Sono qui per sistemare delle carte. Nel reparto di Rianimazione non c'è nessuno. Chiami più tardi». Mariangela non compone mai più quel numero, perché da lì a poco viene informata che suo padre ha avuto un arresto cardiaco. Morirà poco dopo.

Rimbalzati dal telefono di un reparto all'altro, in molti abbiamo avuto l'impressione che chi si trovava dall'altra parte della cornetta non avesse la ben che minima idea di quale paziente si stesse parlando. Né di dove si trovassero i pazienti. Venere Rotelli si è sentita dire che suo padre, il pastore Franco Rotelli: «Sta nel container» nel periodo nel quale il Covid Station 118 è in fase di smantellamento. È entrato in ospedale il giorno precedente e, a quanto risulta, è stato subito intubato. Il suo telefono ha smesso di funzionare una volta trasferito dall'ambulanza. Non lo hanno più sentito, non hanno mai più sentito il suono della sua voce. Come risulta da una perizia compiuta da un esperto di informatica, qualcuno ha però messo mano al suo telefono. Ha visualizzato i suoi profili social. Franco Rotelli era un uomo che fotografava e filmava tutto, soprattutto le cose che non andavano. Il suo telefono non è mai stato ritrovato, la Sim (come risultato dalla perizia) è stata disattivata. Venere continua a interrogarsi sul cosa potesse contenere. «Con la scomparsa del suo cellulare, un po' del suo mondo ci è stato sottratto» ammette Venere. Ad oggi, risultano alcune denunce presso la Procura per la cancellazione dagli smartphone dei pazienti di video e immagini che mostravano le condizioni nell'ospedale[1].

Prima dell'ultima chiamata, per molti la sola ricevuta dal Moscati, le comunicazioni sono telegrafiche e protocollari:

«Condizione stazionaria».

«Situazione stabile, parametri nella norma».

«Stabile e intubato».

«Stabile nella sua criticità».

A queste parole,in molti ci siamo rassicurati.

Poi, dopo interminabili giornate passate a cercare di farsi rispondere da qualcuno in grado di aggiornarci sulla situazione dei nostri famigliari, il telefono squilla. Una chiamata inattesa e, alle nostre orecchie, incomprensibile. Inspiegabile e spiazzante perché nessuno ci ha mai detto la verità su quello che stava veramente accadendo ai nostri

---

[1] *Covid, choc all'ospedale di Taranto: cosa sappiamo sui presunti maltrattamenti e furti*, "Qui Finanza", 04.12.2020 [https://quifinanza.it/editoriali/maltrattamenti-furti-taranto/439425/].

cari. Non siamo stati messi nelle condizioni di comprenderlo, fino a quando non è stato troppo tardi.

In una sorta di trafila comune, giorno dopo giorno, abbiamo preso coscienza che non c'è un filo conduttore a guidare il percorso di cura. Ci è stato detto tutto e il contrario di tutto, e nessuno ci ha preparati al peggio. Così, per molti di noi, si è passati da «Sta bene, è stabile, i parametri sono nella norma», al «È morto» nel giro di poche ore, di pochi minuti. È una condizione surreale.

«Ho perso mio padre senza capire ciò che è successo» confida Mariangela, figlia di Gianquinto Leonardo.

A testimonianza del cumulo di menzogne che ci è stato raccontato ci sono le cartelle cliniche che ci hanno aiutato a ricostruire le vicissitudini che i nostri cari hanno dovuto affrontare nella totale solitudine. Ma le scritte frettolose vergate in queste cartelle non mettono a tacere la domanda che si ripresenta puntuale nelle nostre vite: che cos'è realmente successo ai nostri parenti all'interno dell'ospedale Moscati di Taranto?

Dal canto nostro, in quei giorni terribili brancoliamo nel buio. È una sensazione straziante, che aggiunge incertezza al dolore e alla paura. Ci sentiamo impotenti e non si tratta di una percezione: lo siamo di fatto.

Tuttavia, una delle cose che ci ha ferito di più è quel tono di malcelato fastidio che gli operatori mostrano nel corso delle telefonate. Sappiamo che sono impegnati. Che il lavoro è tanto e che loro sono pochi. Ma non rientra forse nel lavoro degli operatori sanitari l'informare i familiari sulle condizioni dei pazienti? Alcuni di noi non hanno ricevuto notizie per giorni. È una condizione che spinge verso un baratro di angoscia. Alla sgradevole sensazione di seccare gli operatori sanitari si sommano gli insulti, le aggressioni verbali, la cattiveria. Ci siamo sentiti trattare come dei rompiscatole (per non essere volgari), quando volevamo solamente sapere come stavano i nostri cari.

COVID?

Il Covid o, più precisamente la gestione del Covid, non ha sospeso l'insorgere e l'evolvere di altre patologie ma ha, di fatto, cancellato la possibilità di curarle.

Gianquinto Leonardo è affetto da un'infezione alle vie urinarie. Quando all'infezione sopraggiunge la febbre e nelle urine si scorgono tracce di sangue, i parenti decidono di chiamare il 118. Infatti, proprio a causa della febbre, nessun medico contattato privatamente dalla famiglia osa recarsi a casa per visitarlo. Chiamare il 118 è, anche in questo caso, l'unica strada percorribile. Siamo a fine ottobre del 2020. Gianquinto non ha fatto il tampone perché in quel periodo i tamponi rapidi non sono ancora in voga e la trafila dell'Asl è troppo lunga. Non si può attendere oltre. Sebbene la febbre sia accreditabile all'infezione urinaria, nessun ospedale vuole ricoverarlo in assenza dell'esito negativo di un tampone. L'unica opzione disponibile è il Moscati di Taranto.

Gianquinto arriva in ospedale con l'ambulanza verso le ore 18:30 del 30 di ottobre del 2020. Le sue figlie, preoccupate, lo seguono in macchina fino ai cancelli della struttura. Una vigilante le avvisa che non possono entrare. Aspettano fuori seguendo il vai e vieni delle ambulanze. A differenza degli altri, il mezzo di soccorso di loro padre, però, non esce.

Passano ore, il piazzale si svuota. Rimangono sole nella luce estraniante del via vai incessante delle ambulanze. È fine ottobre e fa freddo. «Era una situazione surreale, terrificante» racconta Mariangela. Ogni tentativo di avere notizie del papà è andato a vuoto. Nessuno sa niente e il cellulare non squilla.

Verso le 22:00, le due sorelle vedono uscire il medico del 118 che ha preso in carico loro padre. Si avvicinano per avere qualche informazione: «Non ti preoccupare, ci sono stati dei momenti un po' critici per sistemarlo, però adesso è tutto apposto. Ha detto di dire alle figlie di andare a casa e poi ci sentiamo».

Rasserenate rientrano a Pulsano, un piccolo comune che dista circa 16 km da Taranto. Il giorno successivo, Halloween, è la moglie a chiamare. Gianquinto non risponde. Richiama poco dopo, per dire che ha bisogno di indumenti, delle sue medicine e di qualcosa da mangiare e da bere, perché lì non c'è nulla. Riflettendo sul paradosso di un ospedale senza medicine, senza cibo né acqua, preparano quanto richiesto, scrivendo a chiare lettere sulla busta "Paziente Gianquinto Leonardo", perché non vada smarrita o confusa. La consegnano alla vigilanza esterna, affidandosi a loro e raccomandandosi di farla giungere a chi di dovere. Tentano di chiamare il padre per avvisarlo, ma non risponde. Rientrati a casa chiamano nuovamente e risponde un operatore che li avvisa che Gianquinto non può parlare, perché ha la mascherina: «Stiamo andando nel reparto di Medicina, a fare degli accertamenti». In serata vengono contattati dall'ospedale, per informarli che il padre è stato trasferito in Chirurgia, per ulteriori accertamenti: «La situazione è stabile». Il primo di novembre chiamano al cellulare, ma non risponde nessuno.

Nemmeno nei reparti risponde nessuno. Si dicono che, essendo di domenica, probabilmente è normale. Le notizie che nei giorni seguenti riescono ad avere sono frammentarie. Fino al 6 di novembre, quando gli viene detto da qualcuno che il papà è: «Passato dalla maschera alla Cpap» ma che è: «Vigile, è cosciente e sa tutto». Si precipitano in ospedale, ma prima che arrivino giunge un'altra chiamata. Sono passati al massimo quindici minuti. «Siete i parenti di Gianquinto? Ci dispiace ma lo abbiamo intubato». La notizia ghiaccia la famiglia. La vita si ferma. Com'è possibile che la situazione sia precipitata nel giro di 15 minuti? Mariangela contatta immediatamente l'avvocato: vuole sapere cosa stia realmente succedendo e come sia possibile che abbiano agito senza consultare la famiglia.

Da quel momento in poi, parlare con l'ospedale diventa un calvario. Il più delle volte non risponde nessuno. Quando si ha la fortuna che qualcuno rispondere al telefono, la chiamata viene deviata ai reparti più disparati, fino ad arrivare alla Rianimazione. Finito il pellegrinaggio telefonico, il medico di turno riferisce la frase di rito: «Situazione stabile, parametri nella norma». Non è dato sapere nient'altro. Questo per i sette giorni successivi all'intubazione.

A più di dieci giorni dal ricovero, la sua positività o negatività al Covid continua a rimanere un mistero. Mariangela chiede più volte ai medici: «Ma papà è positivo al Covid?». Una volta le viene risposto: «No lo sappiamo»; la volta dopo: «È ovvio che se è al Moscati è positivo al Covid». Brancolano nel buio: non i parenti, ma anche il personale sanitario.

L'otto di novembre qualcosa cambia: «Lo abbiamo stubato ed è cosciente». Il giorno successivo: «Ha mangiato e saluta le figlie». Poi la situazione precipita. L'undici di novembre: «Lo abbiamo dovuto re-intubare perché gli è salita nuovamente la febbre».

Questa volta la febbre non dipende dall'infezione urinaria. Quella problematica è stata superata. Dipende da qualche altro fattore: ora si tratta di comprendere quale.

Le sensazioni sbagliano raramente. Mariangela e la sorella vogliono capire, e riescono a fissare un colloquio con un primario. Sono disperate: «Siamo le figlie di Gianquinto, vorremmo sapere la condizione reale di nostro padre».

«Non so di chi stiate parlando, vado a prendere la cartella».

Dopo averla esaminata, sentenzia:

«Ha tutti i valori sballati, sembra che ci siano delle infezioni».

«Quando è entrato nostro padre non aveva grosse patologie».

Vista l'esasperazione delle figlie, il primario decide di fissare un'ulteriore consulenza, per comprendere quale tipo di infezione causi il suo stato. Quale batterio stia causando la febbre. Una mano sconosciuta verga sulla cartella clinica: Kleibisiella. Un batterio spesso antibiotico-resistente, che può condurre alla polmonite e alla morte. La sua letalità, secondo la letteratura scientifica, supera il 50%.

In attesa che uno specialista valuti le condizioni cliniche di Gianquinto passano altri giorni. Il venerdì, Mariangela chiama l'ospedale. Risponde un primario di Rianimazione: «Gianquinto ha ripreso bene i suoi parametri, possiamo accontentarci visto com'è arrivato». Il sabato richiama. Non risponde nessuno, nonostante l'insistenza. Alla fine risponde un operatore che dice che lui era lì per sistemare delle carte, ma che nel reparto non c'è nessuno, di richiamare più tardi.

Alle 11:45 dello stesso giorno, è Mariangela a riceve una chiamata: devono andare subito in ospedale. Il signor Gianquinto ha avuto un inizio di arresto cardiaco. Quando arrivano al Moscati il papà è deceduto. È il 20 novembre.

Il suo cellulare, in un primo momento dato per smarrito, viene ritrovato 10 giorni dopo la sua morte sotto un letto. Il che farebbe ipotizzare che per dieci giorni nessuno ha pulito sotto quel letto. Ma tant'è. Il cellulare è l'unico oggetto che viene riconsegnato alla famiglia. Gli oggetti d'oro, gli indumenti... tutto scomparso. Rimane solo il telefono. Le figlie provano a indagare. Tra gli ultimi numeri chiamati c'è quello di un dottore. Mariangela lo chiama, lui risponde. «Suo padre mi è rimasto nel cuore», per questo gli ha lasciato il suo contatto diretto. Il medico racconta a Mariangela che suo padre, il giorno del suo ricovero, è stato posizionato in un container senza finestre né bagno. Che soffriva di claustrofobia e gli ha chiesto aiuto. Lo ha pregato di trovargli una sistemazione meno angosciante. Il giorno dopo, quando il medico torna nel Covid Station 118, però, Gianquinto nel container non c'è più. Dalle comunicazioni frammentarie, i famigliari sanno che è stato portato prima nel reparto di Medicina, poi in quello di Chirurgia per accertamenti. Ricoverato il 30 ottobre del 2020, Gianquinto muore il 20 di novembre nel reparto di Rianimazione dell'ospedale Moscati di Taranto. La morte è dovuta a un "arresto cardiaco", come se la causa ultima della morte non fosse sempre un cuore che cessa di battere. Della Kleibsiella e della conseguente setticemia, la famiglia apprenderà solamente in un secondo momento, dopo aver richiesto e letto, con il supporto di specialisti, la cartella clinica.

«CHE SIAMO, UNA BANCA?»

Alcuni tra di noi, parenti delle vittime del Moscati, ci siamo visti riconsegnare gli indumenti dei nostri cari ricoperti di feci e intrisi di urina. Macabra testimonianza delle condizioni a cui sono state abbandonate le persone entrate in ospedale per ricevere cure. Alcuni video girati dagli stessi pazienti e condivisi sui social, denunciano questa condizione. In uno di essi si vede un uomo, nudo, seduto su di un letto d'ospedale. I piedi poggiano a terra su dei tappetini assorbenti fradici di urina. Intorno, macchie liquide gialle, nel degrado e nella sporcizia più vergognosa.

Per paura di veder confermato il dubbio indicibile sulle condizioni nelle quali i pazienti hanno vissuto, in molti hanno deciso di non ritirare la biancheria dei loro cari. Molti altri, invece, dopo chiamate e email si sono visti recapitare una lettera, secondo la quale gli oggetti dei pazienti ricoverati presso il Moscati non sono stati rinvenuti.

Secondo quanto scritto nel documento *Modalità per rientrare in possesso degli effetti personali di proprietà degli utenti* dell'Asl di Taranto:

> La perdita di beni personali di un paziente durante il ricovero in ospedale o dopo l'esecuzione di prestazioni o pratiche sanitarie è un

> evento spiacevole ma possibile, soprattutto durante le procedure di emergenza o di radiodiagnostica, in quanto è necessario rimuovere qualunque oggetto metallico indossato dai pazienti. Tali situazioni, oltre a causare un danno all'utente, tendono ad inficiare il suo rapporto di fiducia con la struttura sanitaria[1].

Un «evento spiacevole ma possibile» che ha incrinato ancora di più la fiducia nella struttura ospedaliera. Non si tratta di un "danno" economico né di attaccamento a dei semplici "oggetti". Ma della mancanza di rispetto riservato alle persone a cui appartenevano questi "oggetti". Dell'incuria, della mancanza di attenzioni e riguardo nel luogo deputato alla cura. All'umanità. Al rispetto del malato e delle famiglie di chi soffre. Non solo: quei telefoni, orologi, oggetti d'oro per noi valgono ben più del loro valore commerciale. Rappresentano un legame con chi ha perso la vita in quell'ospedale, un ricordo tangibile della loro esistenza. Sono gli oggetti che li hanno accompagnati nei loro ultimi giorni. Li abbiamo reclamati a più riprese, chiamando e scrivendo, senza successo. Eppure, per stessa ammissione dell'ospedale:

> Le unità operative dei presidi ospedalieri della Asl Taranto sono dotate di casseforti e aree dedicate in cui vengono repertoriati e custo-

---

[1] ASL TARANTO, *Modalità per rientrare in possesso degli effetti personali di proprietà degli utenti*, 03.12.2020 [https://www.sanita.puglia.it/web/asl-taranto/news-in-primo-piano_det/-/journal_content/56/36057/modalita-per-rientrare-in-possesso-degli-effetti-personali-di-proprieta-degli-utenti].

> diti piccoli oggetti di valore e altri effetti personali dei pazienti presi in carico nei percorsi assistenziali. L'attenzione dell'Asl Taranto su questo tema è massima, in applicazione del "Protocollo di gestione degli effetti personali di proprietà degli utenti", approvato con delibera del direttore generale n. 250 del 7/2/2020[2].

Ad oggi, non sappiamo se gli oggetti che i nostri cari hanno portato con sé in ospedale e quelli fatti recapitare dopo il ricovero siano andati perduti, smarriti o se siano stati rubati. Né da chi. Non sappiamo nemmeno se siano repertoriati e custoditi in una delle "famose" cassaforti. Quello che sappiamo è che l'ipotesi che l'ospedale, a fine pandemia, allestisca uno spazio nel quale esporre gli oggetti, ci fa sentire ancora una volta violati. L'idea di un macabro "mercatino dei defunti" sarebbe l'ultimo insulto alla loro memoria.

Una macchia indelebile allo spirito di umanità che dovrebbe animare coloro che operano in una struttura sanitaria è invece la risposta data a Venere Rotelli che avendo chiesto se gli oggetti di suo padre fossero stati ritrovati, si sente ribattere da una voce asettica: «E che siamo, una banca?».

---

[2] Ivi.

SECONDO GIRONE

Per tai difetti, non per altro rio,
semo perduti, e sol di tanto offesi,
che sanza speme vivemo in disio.

D. ALIGHIERI, *Inferno*, canto IV

CIAO

di Andrea (Antonella Dandolo)

Ciao,

mi chiamo Andrea e ho 36 anni.

Sono una persona di poche parole, ma buone. Mi chiamano il "gigante buono" e oggi voglio raccontare la mia storia... sapete, sono diventato un angelo.

Sono una delle tante vittime del Covid e tutto è successo all'ospedale "Moscati" di Taranto.

Il mio calvario è iniziato un anno fa.

Negli ultimi anni non ho fatto altro che lavorare, ho sempre messo il lavoro davanti a tutto, anche prima della salute. Ma, ultimamente, mi sento stanco, troppo stanco e non può essere il lavoro: ho 36 anni e non possono mancarmi le forze. Un gonfiore all'inguine e alla gamba mi rendono difficile persino reggermi in piedi, quindi finalmente decido di pensare alla mia salute. Inizio a fare degli esami: ormai quel gonfiore all'inguine mi fa anche male, ma mi sento abbastanza tranquillo perché, qualche tempo prima, in ospedale mi avevano assicurato che quel gonfiore era una semplice palla di grasso, un lipoma dicevano.

Ma gli esami sono preoccupanti e mi ricovero con urgenza, siamo al 24 luglio 2020.

Passa qualche giorno dal ricovero e iniziano a sospettare che si tratti di un qualche problema legato al sangue, così mi spostano al reparto di Ematologia del "Moscati". Qui mi diagnosticano un linfoma di non Hodgking a grandi cellule "b", di tipo anaplastico, al IV stadio, avanzato dicono, molto avanzato, e il gonfiore all'inguine è la palese manifestazione di quel male. Subito mi sento arrabbiato e frustrato. Come mai quando mi sono recato in ospedale qualche anno prima per quel gonfiore all'inguine nessun medico che mi ha visitato si è insospettito? Poteva essere il primo sintomo di una malattia allo stadio iniziale, magari più facile da combattere? Comunque, adesso è la realtà.

Tutti i medici tranquillizzano me e la mia famiglia, dicono di non preoccuparci dello stadio, questo tipo di tumore non è solido e lo stadio non ne determina la gravità. Dicono di non preoccuparmi, che esiste un protocollo di cura ormai consolidato che da ottime speranze di guarigione. Mi danno il 70/80% di possibilità di guarire. Si tratta di un protocollo internazionale, uguale in ogni parte del mondo. Allora mi inizio a sentire fiducioso: probabilmente guarirò. Sì, ho fiducia che in quel reparto, col supporto anche della mia famiglia, potrò vincere quella battaglia.

Il primo ciclo di chemioterapia mi fa sgonfiare la gamba e l'inguine, mi sento in forze e con l'ottimismo che cresce. Ma questo stato dura solo qualche giorno. L'inguine e la gamba si gonfiano nuovamente, tornano i dolori, mi ricoverano e decidono di passare alla seconda linea di trattamento. Anche la seconda linea all'inizio sembra funzionare, mi rimandano a casa, ma niente, dopo qualche giorno tutto torna come prima. Ho dolori atroci e la chemioterapia inizia a prosciugare il mio sangue, ho bisogno di continue trasfusioni. Mi ricoverano di nuovo. L'ospedale, pian piano, inizia a diventare la mia seconda casa. Ormai tutti mi conoscono, sono il paziente più giovane di quel reparto. Mi trattano tutti bene, mi vogliono bene e io ne voglio a loro, mi rassicurano ancora, mi confortano e mi ripetono di non preoccuparmi: «Vedrai che una strada la troveremo» dicono.

Dal mio reparto sento ogni giorno, a tutte le ore, ambulanze che entrano ed escono. C'è la pandemia in giro, ho paura, ormai sono totalmente immunodepresso. Paura nella paura, ma lì dentro mi sento ben protetto.

I miei famigliari sono lontani, non possono avvicinarsi. Non posso rischiare di prendermi nemmeno un raffreddore, dicono. La mia famiglia la sento vicina col cuore, ma lì dentro io sono solo e la mia nuova famiglia sono i medici, gli infermieri e tutto il personale di Ematologia.

Chiudo gli occhi, mi addormento fiducioso che lì dentro avranno cura di me.

Decidono di passare alla terza linea, la mia paura cresce, sembra che nulla riesca a stabilizzare questa maledetta malattia. Decidiamo con la mia famiglia di contattare il Centro Tumori di Milano per un consulto, ci parlano di una cura sperimentale per la quale il "Moscati" non è attrezzato. Inizio a sperare di nuovo, non mi perdo d'animo, è tutto maledettamente difficile, ma non voglio perdere il sorriso, soprattutto con la mia famiglia. Tocca a me mantenere la calma e infonderla in loro, li sento frustrati perché si aggiornano solo per telefono, non possono mai venire, non conoscono i medici di persona, solo voci per telefono, sempre diverse, che parlano di cose incomprensibili, di cose che non dovrebbero succedere mai a nessuno. Quindi tocca a me farli sentire che sono fiducioso e combattivo.

Siamo al 14 dicembre 2020, ho bisogno di uscire dall'ospedale, ho bisogno di rivedere mia madre, mia sorella e la mia nipotina, ho bisogno di stare nella mia stanza, tra le mie cose, ne ho un bisogno enorme. Mi fanno uscire, decido di uscire.

In quelle sere a casa si parla di Milano, organizziamo i dettagli del viaggio, ma il mio linfonodo inguinale e la mia gamba sono di nuovo gonfi, allora rientro in ospedale per un ciclo di chemioterapia in modo da essere in grado di affrontare il "viaggio della speranza". Anche gli ematologi del "Moscati" si mettono in contatto con Milano, è tutto pronto: appena i miei valori tornano normali si parte.

Come ogni volta, prima di ricoverarmi, mi fanno il tampone. Vivo quelle ore di attesa sempre con ansia, ma sono negativo e entro nel reparto di Ematologia, siamo al 21 dicembre.

Inizio la terapia e subito la mia gamba si sgonfia, ci siamo quasi. Qualche giorno ancora e partiremo. Trascorro il Natale in ospedale, mi sento solo, ma l'obbiettivo Milano mi da forza di resistere e combattere ancora. Il giorno dopo Natale nel reparto c'è molta confusione, agitazione direi. Ci informano che dobbiamo rifare tutti il tampone! Che nel reparto è transitato un positivo al Covid.

Non ci posso credere, non può essere vero.

Di nuovo ansia e terrore nell'attesa di quel risultato.

Il 27 dicembre mi dicono che sono positivo al Covid, io e tutti i ricoverati del reparto.

Incredibile, incredibile. Come è potuto succedere? Questa è una cosa gravissima, è uno scandalo. Tutta la mia fiducia in quel reparto, in quelle persone che avrebbero dovuto proteggermi, crolla in un istante.

Sono arrabbiato, e molto. La mia rabbia è talmente grande che non riesco a nasconderla alla mia famiglia. Mi sfogo, impreco contro chi doveva proteggermi e non è stato capace, contro un'organizzazione sanitaria che ha deciso di far convivere il reparto Covid nella stessa struttura dei malati oncologici, impreco contro il mondo e contro tutti.

Mi trasferiscono nel reparto infettivi, insieme a tutti i degenti di Ematologia.

Da questo momento non vedo più volti umani, solo maschere e divise di protezione. Fantasmi che vedo passare, ma che non posso afferrare. I medici dicono che è questione di poco, appena diventerò negativo potrò uscire e partire per Milano. Ma ogni giorno che passa va sempre peggio, ho la febbre alta, l'inguine e la gamba sono gonfi e doloranti. Dicono che con il Covid in corso non possono farmi il ciclo di chemioterapia, che possono solo tamponare con dei palliativi. Quando sento mia sorella, le mento, le dico di non avere sintomi del Covid, che sto bene. Lei mi da la forza, dice che passerà e che potremo andare a Milano, ma inizio a essere stanco, mi pesano anche le parole e lei lo sa, se ne accorge. Sono tutti preoccupati per me. Gli ematologi spariscono, sembra che a nessuno da quel reparto importi più di me, mi sento abbandonato. Le uniche informazioni mi arrivano dalla mia famiglia che è costantemente a telefonare al reparto di Ematologia, ma non rispondono facilmente. Passano i giorni e nei letti affianco al mio vedo morire i pazienti di Ematologia, uno dopo l'altro. Gente con cui ho convissuto in questi mesi, amici ormai. Uno dopo l'altro, tutti.

Ogni due giorni mi fanno il tampone e risulto sempre positivo, non ho idea di cosa stanno facendo per curarmi dal Covid, so solo che mi sento ogni giorno più debole e i dolori atroci mi tolgono la forza anche di essere arrabbiato. Mi dicono che ho altre infezioni in corso e inizio ad avere difficoltà anche a respirare.

Quando chiedo antidolorifici, loro mi accontentano subito, mi attaccano una flebo di morfina che non mi abbandonerà mai più.

Con le poche energie rimaste sfogo ancora la rabbia alla mia famiglia, qualcuno dovrà rispondere di questa mia ulteriore sofferenza, chiedo che sia fatta giustizia.

Non riesco più nemmeno a parlare, sono passati due mesi da quando sono positivo e peggioro giorno dopo giorno, ho bisogno dell'ossigeno, non riesco a respirare.

Arriva il 9 febbraio 2021. È il mio compleanno, faccio 37 anni e sto malissimo.

Male fisicamente, ma soprattutto male per la sofferenza che sto dando alla mia famiglia. Sento che mi sto spegnendo pian piano, non riesco ad alzarmi dal letto nemmeno per andare in bagno. Il mio corpo è sotto ogni genere di attacco, non ho più risorse per difendermi.

Il 17 febbraio è stata l'ultima volta che ho sentito mia madre e mia sorella. A lei ho detto di essere stanco, poi l'ho salutata: ha capito che avevo ormai perso la mia battaglia.

«Ci sentiamo domani le ho detto» ma la mattina dopo sono morto, sono diventato un angelo.

Ma in realtà cara sorella mia, io non ho perso la mia battaglia.

Sul mio certificato necroscopico c'è scritto che sono morto per malattia infettiva diffusiva Covid-19. Vedi, non ha vinto il linfoma!

Io la mia battaglia non l'ho persa, me l'hanno fatto perdere. Probabilmente ero destinato a perdere, ma non in quel modo.

Nessuno del reparto di Ematologia, dopo la mia morte, si è degnato di fare una telefonata a mia madre per farle le condoglianze, per confortarla e dirle con forza che abbiamo fatto il possibile per salvare Andrea, che lui era un guerriero, che era forte e non hai mai mollato e che qui, perdendo Andrea, abbiamo perso tutti.

Niente.

Solo silenzio, un silenzio mortale che fa solo crescere la rabbia. La rabbia anche di non aver permesso alla mia famiglia nemmeno di vedermi l'ultima volta da morto, di non averli fatto onorare degnamente la mia salma, stringermi l'ultima volta la mano e permettere a mia madre di darmi un bacio sulla fronte fredda. Niente di questo è stato possibile, perché io sono tornato a casa mia sigillato ermeticamente in una cassa, perché io sono morto di Covid e potevo essere infettivo.

Ora vi chiedo di essere forti e di far sentire la vostra voce, di ricercare la verità per tutti quei morti del reparto di Ematologia, per tutte quelle persone che hanno visto spezzarsi i loro sogni di guarigione, per tutti noi guerrieri mandati in battaglia e, a un certo punto privati di ogni arma. Esposti a un nemico che non fa prigionieri.

DIVENTARE GRANDI

di Antonio Del Sole

Sono diventato grande il 4 di gennaio del 2021.

A pensarci è strano. Anche se l'adolescenza è finita da un pezzo e si è ormai negli "anta" e magari si è sposati o con una figlioletta, anche si fa un lavoro di responsabilità, se si ha una casa e si pagano le tasse... fin quando i tuoi genitori sono vivi e attivi, comunque si ha l'ardire di sentirsi ancora bambini.

Forse, capita quando si ha un papà come il mio, innamorato della vita e instancabile, che adora passare le giornate in campagna o nei boschi a raccogliere funghi, senza risparmiarsi. Un papà che ti abitua a pensare che non devi preoccuparti di ciò che la vita ti metterà davanti, perché ci sarà sempre lui a darti una mano e ad aiutarti, in qualsiasi modo. Che poi è quello che un buon padre fa sempre.

Papà si chiama Romeo. Dopo anni di onorato servizio nell'Arma dei Carabinieri, finalmente si ritira in pensione per godersi la sua famiglia anche se nella grande casa nella quale siamo cresciuti, ormai vivono solo papà e mamma, perché noi figli adesso viviamo da soli.

Papà ha vissuto il *lockdown* come tutti noi, con attenzione e paura, riuscendo a non contagiarsi e a non entrare in contatto con nessun soggetto a rischio, sebbene questo abbia comportato il non poter vedere i suoi figli, se non in videochiamata. Poi, a fine novembre 2020, si presenta una lunga serie di malori. Nessuno dei medici che lo visita riesce a capire di che cosa si tratti: vengono formulate molte ipotesi e, a ogni ipotesi, si accompagnano antibiotici e medicine, che però non portano nessun risultato. In un circolo vizioso, il fallimento terapeutico comporta la somministrazione di farmaci sempre più forti, il cui solo esito è un crescente senso di frustrazione.

La situazione è molto seria, tanto che decido di partire da Napoli per andare ad accudire mio padre, non prima ovviamente di essermi assicurato, mediante tampone Covid, di essere negativo, cosa che effettivamente viene certificata. Anche se i sintomi di mio padre non combaciano per nulla con quelli della SARS-CoV-2 e non sia presente né febbre né la perdita di gusto e olfatto, per noi è naturale sospettare che fosse tutto dovuto al Covid-19. Quindi richiediamo un tampone a domicilio. Oggi, appare paradossale ricordare che ci è stato detto che per un solo tampone non avrebbero inviato personale, che ne servivano almeno due… allora mia madre accetta di sottoporsi anche lei al tampone. Entrambi danno esito negativo e possiamo almeno tirare un sospiro di sollievo, sebbene i problemi di salute di papà persistano. È il 9 dicembre del 2020.

Arriviamo al 18 dicembre. Fuori c'è aria di Natale ma in casa non riusciamo a entrare nello spirito delle feste perché papà, che è anche nonno, sta male. Tanto male da non riuscire a mangiare. Nessuno dei medici intervenuti fino a quel momento ha la benché minima idea di che cosa stia succedendo. Poi, vengono prescritti degli esami del sangue. Quando, al telefono, leggo il numero di globuli bianchi al medico questo mi dice che mi sto sicuramente sbagliando. È una valore sproporzionato, sto leggendo male. Purtroppo non è così, il valore è corretto e viene disposto un ricovero immediato per trasfusione d'urgenza.

Ci sono momenti nella vita in cui si fanno delle scelte, e nemmeno possiamo avere idea di quanto queste scelte ci condizioneranno in futuro. Ecco, papà non lo sa, ma quando tra l'ospedale di Martina Franca e il Moscati di Taranto decide che è meglio andare al Moscati commette un errore.

Ricordo bene quei momenti. Sono presente quando viene preparata la borsa per il ricovero. Gli consiglio di portare con sé anche una tuta, perché cosa avrebbe indossato al momento delle dimissioni? il pigiama? Quei consigli, insomma, che si suggeriscono a una persona dando per scontato che tra qualche giorno al massimo tornerà a casa, che la riabbraccerai e che magari ci litigherai per qualche stupido motivo.

Il giorno dopo, accompagniamo papà in auto al Moscati. È lì che lo vediamo per l'ultima volta, mentre entra in ospedale sulle sue gambe, sottobraccio alla sua compagna di vita.

Ovviamente c'è una formalità da sbrigare prima del ricovero, un passaggio necessario e imprescindibile: effettuare un tampone per verificare che il paziente non sia positivo al Covid. Secondo tampone, nuovamente negativo. È importante questo aspetto: papà si è sottoposto a due tamponi a distanza di dieci giorni, ed entrambi hanno dato esisto negativo. Così come negativi sono i tamponi dei familiari, le uniche persone con cui papà è stato a contatto diretto. Dunque tutto bene, pare. Finalmente papà viene ricoverato e riceve una trasfusione. I valori iniziano a stabilizzarsi. È su di morale, riprende a mangiare, risponde al telefono e alle videochiamate.

C'è una fase nei sogni, in quelli brutti che capitano a tutti. C'è una fase, dicevo, in cui intuisci che sta per accadere qualcosa di terribile, una specie di consapevolezza che dietro la porta c'è l'uomo nero o che in acqua c'è un mostro o uno squalo. Nonostante questa sensazione, nei sogni vai avanti lo stesso. Ma per quanto possa essere vivido e intenso un incubo, si finisce sempre per svegliarsi e passa tutto. Nella vita, invece, non è così. Non abbiamo avuto nessuna premonizione, nessun campanello di allarme che ci avvisasse di quello che stava per accadere. Ma, soprattutto, nessuna speranza che al risveglio tutto possa tornare come prima.

È il 27 dicembre, è passata poco più di una settimana dal ricovero di mio padre. Il tampone effettuato nell'ospedale risulta positivo. Non è l'unico paziente sottoposto a tampone quel giorno in Ematologia perché, come si scoprirà più tardi, nel reparto è scoppiato un focolaio con diversi contagia tra i pazienti e il personale sanitario.

Il Covid è un mostro capace di debilitare anche persone in perfetta salute e si può solo immaginare che effetti possa avere su persone fragili quali i pazienti oncologici o gli immunodepressi. Ci è stato ripetuto sin da quando questo virus ha fatto la sua comparsa, di quanto sia fondamentale il distanziamento sociale e l'isolamento dei positivi per evitare la diffusione; dell'importanza di individuare i positivi appena contagiati per evitare che contagino a loro volta e anche perché i primi giorni sono quelli cruciali per le cure. Perché è nei primi giorni che il virus è più contagioso ma meno letale, sono quelli in cui ha causa meno danni all'organismo e può essere gestito meglio, impedendo che la malattia evolva nella forma grave.

Alla luce di tutto questo, non abbiamo ancora una spiegazione logica per quello che accadrà in seguito. Papà non viene trasferito nel reparto attrezzato di Malattie infettive (stesso edificio, piano diverso). Non viene isolato, ma viene invece lasciato nella stessa stanza con altri due pazienti, uno dei quali sicuramente più anziano di lui. Eppure i posti sono disponibili nel reparto infettivi, dove potrebbe comunque proseguire le terapie ematologiche ma, allo stesso tempo, essere isolato e al contempo limitare la sua continua esposizione al virus. Inoltre, in Ematologia continuano a essere ricoverati nuovi pazienti e le stanze non sono pensate per impedire la diffusione dei virus. Sono stanze da tre, praticamente sempre con la porta aperta, con infermieri, medici e operatori sanitari che passano da un ambiente all'altro durante le loro attività.

Papà è sempre stata una persona forte, un uomo di altri tempi, uno di quella generazione per cui non era giusto mostrare le proprie difficoltà perché si da un dispiacere anche a chi ti guarda e magari ti vuol bene. Ma anche con questa premessa, lascia allibiti, impotenti e storditi la decisione di non mettere in isolamento una persona già particolarmente esposta, vista la fragilità del suo sistema immunitario. Se non per il suo bene, almeno per quello degli altri pazienti e dei sanitari stessi. Nessuno, insomma, sembra rendersi conto che lasciare un paziente positivo al Covid tra altri pazienti positivi e negativi, tutti immunodepressi, non ha alcun senso. Questo nonostante tutti i sacrifici che in questi ultimi anni abbiamo fatto, proprio per tutelare i più deboli: giovani che hanno rinunciato a uscire e incontrarsi per non contagiare i nonni; attività commerciali chiuse per mesi al fine di impedire che i più fragili si contagiassero... questo in tutta Italia, in tutto il mondo... ma poi, in un ospedale, si fanno scelte opposte alla logica e al buon senso. E allora viene da chiedersi a che cosa sia servito essere tanto attenti e meticolosi fuori.

Quello di Romeo, è un racconto che lascia asfissiati, una vicenda che siamo riusciti a ricostruire solo grazie alla cartella clinica. Perché dalle poche e rare telefonate che papà è riuscito a fare così come dalle informazioni scarse e spesso contraddittorie del personale medico, non abbiamo capito nulla. Il lato peggiore di questa vicenda è che tutto accade in una specie di bolla preclusa a chiunque, anche ai familiari più stretti, in cui non puoi far sentire la vicinanza alla persona cara in nessun modo. Nessuna visita consentita, nemmeno con tampone negativo e dispositivi di protezione individuali completi; nessuna possibilità di contatto umano, nemmeno da lontano... solo il telefono. Nemmeno la consolazione di un volto amico, di un abbraccio, di una mano stretta nella tua, di un sorriso.

È una storia di telefonate, da questo punto in poi.

La telefonata del 30 dicembre 2020, quando *finalmente* qualcuno decide di ricoverare mio padre in Infettivologia. Finalmente isolato, ma troppo tardi.

La telefonata in cui ci viene detto che papà deve essere intubato ma che, improvvisamente, non è collaborativo e rifiuta le terapie. Strano per un paziente esemplare fino a quel momento.

Poi la telefonata che ti sveglia alle 23:30, nella quale papà, quell'uomo che quando eri piccolo ti faceva volare in aria, ti chiama. Quell'uomo che ai tuoi occhi è sempre stato invincibile, ti chiede aiuto, perché dice che l'hanno spostato ma non sa dove. Sa solo che è tutto buio e che è un ambiente angusto, come un sottoscala e che lì non c'è nessuno; che chiama ma che nessuno risponde. Una telefonata che suona assurda quella nella quale sei tu che cerchi di tranquillizzare tuo padre. Così provi a rassicurarlo, dicendo che forse è solo un po' smarrito, che forse non si rende conto che in realtà si trova sempre lì, nella sua camera. Che deve stare buono e obbedire ai medici. Una telefonata nella quale ti comporti con tuo padre come si farebbe con un bambino che fa i capricci. Gli dici che il buio è solo dovuto all'orario. Però lui insiste, ribatte che quella non è la sua stanza, che lì c'erano lucine notturne di cortesia, mentre qui invece è tutto buio. Ti dice che si sente sequestrato ed esasperato, ti prega di chiamare la Polizia, di aiutarlo in qualche modo. In qualsiasi modo. È una telefonata che suona illogica, incomprensibile, per cui finisci per non credere a quello che senti. Così provi ancora a tranquillizzare tuo padre e, alla fine, lui si arrende. Capisce che non farai nulla e ti saluta con un: «Ciao».

Un'altra telefonata, quella dei medici a mia mamma, per dire che papà è stato spostato in Terapia intensiva. A ripensarci adesso mi dico che l'ospedale Moscati deve avere una strana Terapia intensiva, stando a quanto diceva papà. Quantomeno tetra, se gli ha ricordato un sottoscala lugubre e molto buio.

Poi, ancora una telefonata. L'ultima. Quella di Mamma. Dice solo, interrotta da lacrime e singhiozzi: «Papà ci ha lasciati».

Un familiare spesso non è un medico, non ha gli strumenti per dire con certezza se il suo parente potesse o meno sopravvivere. Probabilmente il punto non è nemmeno questo. Il punto fondamentale è come si trascorrono gli ultimi momenti della propria vita, se vi è dignità o meno. Se è stato fatto tutto il possibile o quantomeno il minimo necessario.

Non si possono pretendere miracoli dalla Scienza né dalla Medicina. Ma è in nostro diritto chiedere rispetto e attenzione per l'essere umano. Di essere curato con umanità e dignità, e di non morire abbandonato in un sottoscala, da solo.

Papà lascia questo mondo disgraziato il 4 gennaio del 2021.

Quel giorno, io sono diventato grande.

Ciao papà.

EMATOLOGIA

Nella prima ondata Covid-19, l'ospedale Moscati è stato eletto Centro Covid per il territorio tarantino e, al fine di garantire i pazienti più fragili, il reparto di Ematologia viene trasferito presso le strutture private "Casa di Cura D'Amore" e "Casa di Cura Villa Verde". Su questa gestione torneremo inseguito. Terminata la fase acuta della pandemia, il reparto torna operativo, al pari di quello di Pneumologia. L'Asl di Taranto comunica:

> Ora che è terminata la fase acuta della pandemia Covid [...] il Moscati torna alla sua vocazione originale di ospedale oncoematologico di riferimento per Taranto. [...] Il presidio resta in ogni caso pronto ad affrontare altri eventuali casi che si presenteranno: se il padiglione dove si trova il reparto di Malattie infettive è già completamente staccato dal resto della struttura, con ingressi separati e personale dedicato, in queste ultime settimane è stata anche installata una struttura prefabbricata con una Terapia intensiva dedicata e direttamente collegata al padiglione. Per la fase 2, al Moscati tutto è disegnato al fine di garantire la

coda del Covid e di eventuali altri casi sospetti, con percorsi di accesso pensati per proteggere i pazienti oncoematologici[1].

Ancora una volta, dunque, tutto bene. Ma, ancora una volta, solo a parole. Perché nel pieno della cosiddetta "seconda ondata", tra i pazienti ricoverati presso il reparto di Ematologia dell'ospedale Moscati di Taranto, in 19 contraggono il Covid durante la degenza[2]. Dodici dei quali moriranno tra il 6 e il 18 gennaio, come confermato anche dall'interrogazione del senatore Marcello Gemmato che chiede conto, tra le altre cose, delle: «12 persone decedute e tutte diventate positive al Covid-19 durante il ricovero nel reparto di Ematologia»[3].

In questo reparto si trovano pazienti fragili, con elevata vulnerabilità alle infezioni. Pazienti immunodepressi che, più di chiunque altro, dovrebbero essere protetti e tutelati.

Angelo, Mauro, Romeo… questi sono solo alcuni dei nomi delle persone entrate in ospedale avendo piena fiducia nei medici e nella struttura. Vengono ricoverati per cause diverse dal Covid. Sono tutti immunodepressi. Ognuno di loro, senza eccezioni, prima di essere ricoverato in Ematologia, ha dovuto eseguire un tampone che certificasse la negatività al virus. Per questi pazienti, l'esito

---

[1] *Taranto, il reparto di Ematologia torna al Moscati*, "La Ringhiera", 29.05.2020 [https://laringhiera.net/taranto-il-reparto-di-ematologia-torna-al-moscati/].

[2] *Virus, sotto accusa le morti di Taranto: "Cosa è successo in quel reparto?"*, "Fuori dal Coro", cit.

[3] ATTI PARLAMENTARI - CAMERA DEI DEPUTATI, n. 18843 - XVIII legislatura - Allegato B ai resoconti, seduta del 14 aprile 2021 [https://documenti.camera.it/leg18/resoconti/assemblea/html/sed0486/leg.18.sed0486.allegato_b.pdf].

negativo non attesta solamente l'assenza del coronavirus ma rappresenta il lasciapassare per la cura delle loro patologie, la speranza di vincere la malattia. Poi qualcosa va storto e, proprio nel luogo preposto alla cura, contraggono il SARS-CoV-2. Testimonia Patrizia Tofani ai microfoni di "Fuori dal Coro":

> Babbo mi dice: "Adesso c'è un problema, sono diventato positivo al Covid".
> "In che senso sei diventato positivo? Sei entrato il 23 ed eri negativo, hai fatto il tampone...".
> "Eh, sì. Purtroppo sono diventato positivo"[4].

Come risulta da alcuni articoli di giornale, a diffondere il contagio sono gli operatori sanitari. Sempre dalla ricostruzione di "Fuori dal Coro", apprendiamo che un infermiere ha scritto a un collega già nel mese di dicembre:

> Diversi infermieri positivi, al momento 4 pazienti accertati, abbiamo chiesto la chiusura del reparto ma non è stato fatto nulla dalla dirigenza[5].

In Ematologia e a livello dirigenziale sembrerebbe dunque esserci piena consapevolezza di ciò che sta accadendo all'interno del reparto, ma non viene fatto nulla. Diversamente dalla prima ondata, i reparti di Ematologia e di Oncologia non sono temporaneamente ubicati nelle cliniche private di Taranto accreditate col Servizio Sanitario Nazionale. Non solo. I pazienti risultati positivi al tampo-

---

[4] Ivi.

[5] Ivi.

ne non vengono immediatamente trasferiti nel reparto di Infettivologia ma rimangono nelle loro stanze di ematologia dove, nel frattempo, si ospedalizzano altri pazienti. La commistione tra pazienti positivi al Covid e gli altri pazienti sembra essere diffusa, tanto che il dottor Giancarlo Donnola, nella già citata lettera rivolta al presidente del Consiglio Giuseppe Conte, denuncia:

> Nel momento in cui si è reso evidente che la seconda ondata era arrivata [...] ci siamo trovati davanti a una Direzione strategica totalmente impreparata. Assenza di linee guida e protocolli, cosa più volte contestata sia dal sindacato che, sembra, dai Nas [...]. Assenza di percorsi sicuri in strutture vecchie e non a norma, con un numero limitato di ascensori e di accessi che non permettono la separazione dei percorsi. Una storia infinita di critiche e proposte. Sempre ignorate. Il risultato? Medici stremati dal lavoro, specialisti che si occupano di pazienti Covid anche se non strettamente competenti, assunzione di neo-laureati. Letti ovunque. In un panorama di assenza totale, o quasi di programmazione. Esemplare per evidenziare l'impreparazione della Direzione strategica è quello dell'ospedale Oncologico "San Giuseppe Moscati". Ospedale Covid durante la prima emergenza, attualmente "afflitto" da una strana commistione tra Covid e reparti ordinari con pazienti ad alto rischio come quelli ematologici e oncologici[6].

---

[6] *L'Anaao-Assomed (Donnola) scrive a Conte perché commissari la Asl di Taranto*, cit.

La "convivenza" di reparti con pazienti con patologie gravi, spesso immunodepressi, e percorsi Covid, sembrerebbe infatti sfuggire a ogni, purché minimo, senso di logica. La condivisione di spazi di trasporto, così come di servizi (tanto per i pazienti che per il personale sanitario), risulterebbe infatti contrario a qualunque protocollo di sicurezza e procedura volti a impedire la diffusione del contagio. A farci il quadro di questa "commistione" è un articolo del "Quotidiano di Puglia" pubblicato mercoledì 30 dicembre 2020:

> Preoccupa la situazione dei contagi nell'ospedale San Giuseppe Moscati di Taranto. Oltre al focolaio della Ematologia, dove ai 9 pazienti positivi al test si sono aggiunti una decina di sanitari, il virus ha fatto ingresso anche nella Oncologia medica, altro reparto delicatissimo per la presenza di pazienti con elevata vulnerabilità alle infezioni. Anche lì tre infermieri hanno contratto il coronavirus mentre altro personale è in attesa dell'esito del tampone.
> Altri casi di contagio tra il personale, numericamente irrilevante per ora, si segnalano anche nella Radiologia e nelle Malattie infettive. In tutto l'ospedale i sanitari risultati positivi al tampone sono una trentina…[7].

---

[7] *Altri casi Covid nel reparto di Ematologia: 19 positivi. Focolaio anche in Oncologia: tre infermieri contagiati*, "Nuovo Quotidiano", 30.12.2020 [https://www.quotidianodipuglia.it/taranto/contagi_Covid_taranto_moscati-5672682.html].

Da questo e da altri articoli, così come dalle notizie che iniziano a circolare su i social, i parenti delle persone ospedalizzate in questi reparti prendono contezza di quello che sta realmente succedendo all'interno dell'ospedale e di chi siano i diffusori del contagio tra i pazienti ricoverati. Ma, come già accaduto nel Covid Station 118, i parenti delle vittime del Moscati di Taranto dovranno attendere di poter visionare le cartelle cliniche per farsi un'idea di ciò che hanno dovuto affrontare i loro cari negli ultimi giorni della loro vita. Infatti, anche in questo caso, dal personale sanitario non giungono che notizie frammentarie, confuse e, spesso, discordanti. Benché per molti di loro sia ancora inconcepibile quanto è avvenuto all'interno delle mura ospedaliere, il dato finale, quello incontrovertibile, è che almeno 12 pazienti ricoverati presso il reparto di Ematologia sono deceduti dopo aver contratto l'infezione da coronavirus all'interno dell'ospedale. Luogo che, nel sentito comune, è o dovrebbe essere sicuro e gestito secondo rigidi protocolli di sicurezza. La loro morte ha portato alla luce un'altra paradossale situazione: la presenza di un reparto Covid-19 all'interno di un ospedale normalmente addetto al trattamento di pazienti oncologici e, quindi, fragili e immunodepressi. Proprio quei pazienti che, come sbandierato dalle Istituzioni, dovevano essere maggiormente tutelati perché maggiormente a rischio.

CLINICAL RISK MANAGEMENT QUESTO SCONOSCIUTO

Il *Clinical Risk Management*:

> Ha lo scopo di migliorare la qualità e la erogazione sicura delle prestazioni sanitarie, mediante procedure atte a identificare e prevenire le circostanze che potrebbero esporre un paziente al rischio di un evento avverso.
> Il *Risk Management* non dovrebbe essere considerato, pertanto, come un metodo reattivo, ovvero in risposta ad un evento avverso dopo che esso è già avvenuto, ma un metodo proattivo.
> La proattività consiste nell'operare con il supporto di metodologie e strumenti utili a percepire anticipatamente i problemi e i cambiamenti futuri, in modo da pianificare efficacemente le azioni conseguenti.
> Nei sistemi sanitari, dove le dinamiche organizzative e l'evoluzione tecnologica è in costante evoluzione, il *risk management* deve costantemente valutare se tali modifiche pos-

sono comportare nuove opportunità di errori e nuovi rischi di eventi avversi per i pazienti[1].

Ben consapevoli del fatto che il "rischio zero" non esista, uno degli scopi delle organizzazioni sanitarie dovrebbe essere quello di: «Creare situazioni lavorative tali per cui l'operatore sanitario sia messo in una condizione in cui commettere un errore sia più difficile»[2] come scritto nell'ormai celebre report *To Err is Human: Building a Safer Health System*, del 1999. Non per "puntare il dito" contro gli operatori sanitari, ma per individuare le cause e imparare dagli errori. Per creare le condizioni in grado di migliorare la sicurezza dei pazienti, attraverso la progettazione di un sistema sanitario più sicuro. «*To Err is Human* afferma che il problema non sono le persone cattive nell'assistenza sanitaria, ma che le persone buone lavorano in sistemi cattivi che devono essere resi più sicuri»[3].

Muovendoci in questo perimetro, e consapevoli che il *Clinical Risk Management* dovrebbe essere la punta di diamante di qualunque *Task force* di contrasto al Covid, ci domandiamo se l'Asl di Taranto e la dirigenza ospedaliera del Moscati abbiano agito al fine di migliorare la qualità e la sicurezza delle prestazioni sanitarie; se siano state messe in atto tutte le procedure in grado di identificare e prevenire

---

[1] CLINICAL RISK MANAGEMENT, *Che cos'è il Clinical Risk Management?* [https://clinicalriskmanagement.it/cose-clinical-risk-management/].

[2] L.T. KOHN – J.M. CORRIGAN – M. S. DONALDSON (eds.), *To Err is Human: Building a Safer Health System*, National Academies Press, Washington (DC) 2000 [https://pubmed.ncbi.nlm.nih.gov/25077248/].

[3] Ivi.

tutte quelle situazioni che possono esporre un paziente al rischio di un evento avverso.

Ribadiamo: non stiamo parlando della prima ondata Covid. Per cui ci chiediamo se, durante la "tregua" estiva, sia stato fatto tutto il possibile per preparare la sanità tarantina a una possibile, quanto preannunciata, seconda ondata. Se siano stati approntati corsi teorico-pratici sulla prevenzione delle patologie infettive; se siano state implementate le linee guida nei reparti per la gestione dei pazienti Covid, dei pazienti in attesa di tampone, dei pazienti con urgenze chirurgiche risultati positivi al tampone. Ci chiediamo dove siano le disposizioni scritte in merito alle procedure da seguire nel caso del ricovero di un paziente "in corsia" in attesa dell'esito del tampone; le linee guida per il trasferimento di pazienti tra i vari reparti (dal Pronto soccorso alla Radiologia, ad esempio).

Ci domandiamo anche se le procedure ordinarie di pulizia, sanificazione, manutenzione dei filtri e delle sorgenti di aria e acqua, siano state conformi alla straordinarietà della situazione pandemica, se abbiano o meno rispettato le prescrizioni previste. Non solo per gli ambienti, ma anche per le ambulanze.

Ci domandiamo se il funzionamento delle camere a "pressione negativa", di degenza di pazienti Covid, sia stata ottimale.

Sappiamo di non essere i soli a porci queste domande. A più riprese l'Anaao-Assomed, nella persona del dottor Donnola, ha rivolto queste domande ai dirigenti dell'Asl jonica. Lodando la pazienza con la quale ha continuato ad operare per il bene dei pazienti, riportiamo alcune parti salienti del comunicato stampa del sindacato, datato 19 agosto 2020:

[...] Il management cosa sta facendo? E non parliamo solo della Direzione strategica ma anche di chi dovrebbe stilare e, soprattutto, controllare la messa in esecuzione delle linee guida oltre che valutare i possibili elementi di rischio, come la Ssd di Risk Management. Così come i componenti del Comitato Infezioni ospedaliere del cui lavoro non sembra rimarrà grande traccia e che sembra ignorare sia la discussione delle infezioni nosocomiali, che potrebbero aver fatto più vittime del Covid sia della fase di esame critico delle procedure di prevenzione. Ad eccezione del "Laviamoci le mani" che sembra riportarci ai tempi di Erode ma che fotografa la realtà attuale oppure del responsabile della formazione che, per quanto può apparire, sembra lavorare con una logica incomprensibile anche a noi che viviamo la sanità jonica. Per non parlare del direttore medico di presidio la cui attività principale sembrerebbe, e speriamo di sbagliarci ma attendiamo smentite, quella di evitare di firmare disposizioni e linee comportamentali. I giornali hanno parlato, senza essere smentiti da vertici aziendali, normalmente prodigi di filmati modello "Mulino Bianco", dell'ammirevole azione dei Nas che, nonostante il periodo festivo, hanno svolto accurate ispezioni [...]. Chi l'ospedale, anzi gli ospedali considerato che ci sono anche il Moscati e il San Marco, dovrebbe dirigerlo e di cui ne è responsabile non si vergogna? Macchine parcheggiate sin sotto le scale d'ingresso al Padiglione Centrale, personale con divise multicolori e la scritta "andrà tutto bene", barelle, di cui molte rotte, parcheggiate nel corridoio del piano d'accesso all'ospedale, corridoio, tra l'altro, da cui sono costretti a passare sulle barelle malati che vengono portati nell'Osservazione Breve. Pazienti, spesso anziani, che non hanno diritto alla privacy neanche durante la degenza per osservazione considerato che da quei locali si passa per accedere al reparto di nefrologia. Camere d'isolamento Covid a cui si accede passando attraverso il secondo ingresso dell'ospedale e poste davanti l'unico bagno per visitatori dell'intero nosocomio che diventa inagibile in caso di chiusura del corridoio per emergenza. Eccetto che per i pazienti destinati all'Osservazione breve. Passano nella sezione isolata. E in tutto questo dove sono protocolli per le emergenze e le urgenze? Noi, sicuramente per nostra ignoranza, non siamo riusciti a trovarne traccia. Bisognerebbe chiedersi se il responsabile del Risk Management e della direzione medica di presidio girino mai per i tre ospedali e abbiano mai constatato le precarie condizioni igieniche, non dico dell'unico bagno che paragonato a quello di un supermercato farebbe vergognare chiunque, anche il Governatore che spero non ne abbia mai avuto bisogno, ma dei reparti e delle aree comuni. Dagli scarafaggi della camera dei Sanitari della Patologia Clinica, segnalati

dalle Colleghe, agli escrementi nei bagni della Fisiatri dai Grottaglie "all'allevamento" di piccioni, con relativi escrementi, segnalati mesi or sono dallo scrivente del San Marco di Grottaglie. [...]
Qualcuno ha accertato che venga applicata la normativa governativa Covid sul distanziamento dei posti letto e il divieto di posti bis? È vero che la stanza di Terapia sub intensiva della Medicina non è a norma? Nonostante abbia sottratto 8 posti letto al reparto e che il numero dei medici, in progressiva diminuzione, non ne permetta il funzionamento? Chi ha deciso di approvare la sua istallazione? Dove vengono tenuti i pazienti sospetti Covid in attesa dell'esito del tampone? Nei reparti? Forse qualcuno ha scordato i problemi causati da tappe comportamento all'inizio della pandemia con chiusura dell'intero reparto. [...]
Parafrasando Totò concludiamo dicendo che: "In tempo di crisi, gli intelligenti cercano soluzioni, gli imbecilli cercano colpevoli". Anche perché questi ultimi li conosciamo già[4].

[4] Comunicato Stampa Anaao-Assomed, 19.08.2020.

DICHIARAZIONI

Alla trasmissione "Fuori dal Coro", viene ripresa la dichiarazione del dottor Patrizio Mazza, primario del reparto di Ematologia dell'ospedale Moscati di Taranto, rilasciata a "Puglia Press TV" il 20 dicembre 2020, dalla quale trapelerebbe come il personale sanitario con tampone Covid positivo, continui a lavorare se in grado di farlo.

Testualmente:

> Ci sono degli infermieri positivi. Chi sta bene è in grado di lavorare, anche se ha la positività del tampone. Se tutti dovessero diventare positivi: medici, infermieri… poi cosa facciamo? chiudiamo tutto?[1].

«Chiudere tutto» e trasferire i pazienti presso altre strutture ospedaliere nelle quali non circoli il virus SARS-CoV-2, in effetti, non sembrerebbe un'idea balzana. Infondo è quello che è stato fatto nel corso della prima ondata, nella quale, come detto, i reparti di Oncologia ed Ematologia del Moscati sono stati trasferiti presso la Casa di Cura D'Amore. Questo, a tutela dei pazienti.

---

[1] *Virus, sotto accusa le morti di Taranto: "Cos'è successo in quel reparto?"*, cit.

Infatti, se come ci è stato detto, ben poco si sa di questo virus, una cosa è stata certa fin dalla sua comparsa: il SARS-CoV-2 è particolarmente pericoloso per le persone con «Condizioni cliniche croniche pre-esistenti»[2] e per gli anziani. Questo quanto si legge già nella Circolare del Ministero della Salute, del 22 gennaio 2020, intitolato "Polmonite da nuovo coronavirus (2019 – nCoV) in Cina"[3]. Quando, dunque, alla malattia da SARS-CoV-2 non era ancora stato attribuito un nome, era già risaputo ciò che sarebbe poi diventato evidente: la malattia evolve in forme gravi in presenza di pazienti immunodepressi e/o anziani. Non solo. Il Cts, in data 18 marzo 2020, finalizza un documento di *Raccomandazioni per la gestione di pazienti immunodepressi,* nel quale si legge come:

> I dati consolidati dell'Iss confermano che gli anziani portatori di multimorbilità sono i più colpiti dal virus. [...] È noto da numerose evidenze di letteratura medica pubblicata sull'argomento che i pazienti immunodepressi (es. soggetti affetti da immunodeficienze congenite o secondarie [...] da malattie autoimmuni in trattamento con farmaci ad azione immunodepressiva), così come quelli affetti da patologie oncologiche o monco-ematologiche [...] sono soggetti particolarmente a rischio,

[2] MINISTERO DELLA SALUTE, Circolare del 22 gennaio 2020, n. 0001997, con oggetto: "Polmonite da nuovo coronavirus (2019 – nCoV) in Cina".

[3] Ivi.

sia per quanto riguarda la morbilità [...] che la mortalità, in caso di virus respiratori[4].

Sottolineiamo: «Pazienti immunodepressi (es. soggetti affetti da immunodeficienze congenite o secondarie [...] da malattie autoimmuni in trattamento con farmaci ad azione immunodepressiva), così come quelli affetti da patologie oncologiche o monco-ematologiche [...] sono soggetti particolarmente a rischio». Proprio quel genere di pazienti generalmente ricoverati in un reparto quale quello di Oncoematologia.

Proprio per gestire la criticità dei pazienti oncologici, ematologici e cardiologici è stato istituito a giugno 2020 un Tavolo tecnico a cui hanno partecipato la Fondazione Insieme contro il Cancro, l'Associazione Italiana di Oncologia Medica (Aiom), la Società Italiana di Ematologia (Sie) e la Fondazione Italiana Cuore e Circolazione Onlus con la Società Italiana di Cardiologia (Sic). Insieme hanno stilato una *Proposta di gestione dei pazienti in Oncoematologia, Oncologia e Cardiologia nella fase 2 dell'infezione da Covid-19*[5], documento inviato e accolto dal Ministro della Salute[6]. Gli obbiettivi dichiarati del Documento sono:

---

[4] Verbale Cts, 18 marzo 2020, n. 31.

[5] Tavolo Tecnico istituito dal Ministro della Salute, *Proposta di gestione dei pazienti in oncologia, oncoematologia, e cardiologia nella fase 2 dell'infezione da Covid-19* [https://www.salute.gov.it/imgs/C_17_notizie_4911_0_file.pdf].

[6] Ministero della Salute, *Covid-19, fase 2: nasce Tavolo tecnico per i pazienti in oncologia, oncoematologia e cardiologia*, 18.06.2020 [https://www.salute.gov.it/portale/news/p3_2_1_1_1.jsp?lingua=italiano&menu=notizie&p=null&id=4911] (visitato il 10.06.2022).

- Disegnare modalità organizzative e percorsi atti a ridurre al minimo il rischio di infezioni nei pazienti e nel personale sanitario.
- Garantire la continuità delle prestazioni diagnostiche e terapeutiche con particolare riguardo alle terapie salvavita.
- Adottare misure che consentano la più rapida individuazione di soggetti positivi allo scopo di provvedere immediatamente al contenimento del contagio in ambito ospedaliero ed all'interno delle unità di Oncologia medica e più in generale nei reparti oncologici[7].

Alla voce *Misure per gli operatori sanitari e per gli amministrativi che hanno contatto con i pazienti* si legge:

> L'Oms e molti lavori scientifici sottolineano il ruolo importante nella diffusione dell'infezione da parte degli asintomatici. In questo contesto va considerata la particolare fragilità dei nostri pazienti che non possono certo essere paragonati alla popolazione generale. Un recente lavoro apparso su "Nature Medicine" segnala la infettività importante che è presente nelle 48-72 ore che precedono i sintomi anche lievi e quindi appare evidente che molte persone infettanti possono circolare in una fase in cui non hanno sintomi e questo è particolarmente pericoloso nel contesto di un reparto

[7] Tavolo Tecnico istituito dal Ministro della Salute, *Proposta di gestione dei pazienti in oncologia, oncoematologia, e cardiologia nella fase 2 dell'infezione da Covid-19*, cit.

> di Oncologia medica. [...] Sebbene vari studi indichino il ruolo dei soggetti asintomatici nel trasmettere la infezione non è noto quanto un soggetto asintomatico con tampone positivo possa essere infettante se applica le misure di prevenzione e se il paziente è protetto da mascherina, igiene delle mani e quando possibile distanziamento. I dati di uno studio recente condotto nell'Ematologia e nelle Oncologie dell'Istituto Nazionale dei Tumori di Milano indicano quanto segue: su 438 test sierologici rapidi, effettuati su 234 operatori sanitari asintomatici o paucisintomatici il 9.4% è risultato positivo (5.7% negli asintomatici e 27.5% nei paucisintomatici); di questi il 32% aveva un tampone positivo ed era quindi potenzialmente infettante[8].

Anche non volendo scomodare la copiosa letteratura scientifica prodotta, nella gestione dei reparti ad alta criticità, sarebbe bastata l'applicazione del semplice buonsenso. Infatti, a partire dalla fine del mese di agosto del 2020, l'intera popolazione italiana ha visto nuovamente comprimere i propri diritti al fine di ridurre e limitare la possibilità di contagio. Per rispetto e a protezione dei "fragili". Ai nipoti è stato vivamente sconsigliato di fare visita ai nonni; ai parenti è stata vietata ogni visita in ospedale per evitare di contagiare i pazienti; i negozi sono stati chiusi per lunghi periodi di tempo; ai *lockdown* si sono succeduti altri *lockdown*. Il tutto per scoprire poi, per voce di un primario,

---

[8] Ivi.

che il personale medico di un reparto al alto rischio quale quello di Ematologia, poteva comunque lavorare anche una volta acclarata la positività al Covid.

Questa imperdonabile leggerezza nella gestione di questi reparti ha inoltre avuto un effetto, tutt'altro che secondario, sui pazienti ricoverati: ha di fatto compromesso le loro possibilità di cura. Testimonia Antonella, sorella di Andrea, che suo fratello una volta positivizzato, ha atteso invano per mesi l'esito negativo di un tampone. Trasferito dal reparto di Ematologia al 7° piano dell'ospedale a quello degli infetti Covid, la terapia per il linfoma di non Hodgking a grandi cellule "b" (di tipo anaplastico, al IV stadio) è stata sospesa e la possibilità di essere ammesso in un ospedale di Milano è di fatto evaporata. L'essersi infettato proprio nel luogo che doveva garantirgli la massima protezione, lo ha costretto non solo a dover affrontare il Covid, ma anche ad abbandonare ogni speranza di cura. Per Andrea, così come per gli altri pazienti positivizzati nel reparto di Ematologia, le mura dell'ospedale Moscati si sono trasformate in una prigione, dalla quale sono usciti dopo settimane, o mesi di solitudine, senza il conforto della presenza dei famigliari. Sono usciti in sacchi neri, senza concedere a chi li amava la grazia di poterli salutare un'ultima volta.

MOTTOLA C'È?

La scelta discutibile di trasformare in ospedale Covid una struttura sanitaria quale il Moscati di Taranto, la cui vocazione originaria è quella di un centro di riferimento per i pazienti oncoematologici per il territorio tarantino[1], risulta ancora più incomprensibile vista la disponibilità di altre strutture ospedaliere in larga misura inutilizzate del territorio jonico.

Come abbiamo accennato, nel corso della prima ondata i pazienti dei reparti di Ematologia e di Oncologia sono stati trasferiti nelle strutture private Casa di Cura D'Amore e Casa di Cura Villa Verde, alle quali è stata corrisposta una cifra spropositata per paziente. Dal servizio *Mottola, l'ospedale della discordia,* realizzato dal giornalista Danilo Lupo per la trasmissione "Non è l'Arena", apprendiamo che nella Casa di Cura Villa Verde, in quel periodo, è però scoppiato un focolaio Covid. Le condizioni delle persone qui trasferite portano una tra queste a scrivere alla redazione del talk condotto da Massimo Giletti:

> Scusa se non mi firmo. Sono una malata di leucemia una di quelle che da lunedì sta nelle

[1] *Taranto, il reparto di Ematologia torna al Moscati*, cit.

famose cliniche private da 15.000 € al mese. Dovete dire a Giletti che ci deve aiutare... Tengono chiuso l'ospedale nuovo di Mottola perché ne devono costruire un altro e spendere altri 70 milioni. Noi a Taranto stiamo morendo, non abbiamo un vero ospedale, ci hanno sfrattati e nessuno ci aiuta[2].

Il presidio territoriale di assistenza di Mottola, già Stabilimento Ospedaliero Umberto I, è stato inaugurato il 25 gennaio del 2004 dall'allora presidente della Regione Raffaele Fitto, con l'ambizione di essere il: «Fiore all'occhiello della riabilitazione d'eccellenza»[3]. Ambizione depennata ben presto a chimera, tanto che a distanza di soli 5 anni il sindaco Giovanni Quero, denuncia: «Addirittura, il nostro nosocomio, mastodontico, all'avanguardia, almeno nell'aspetto e nella struttura, non è neanche più in grado di garantire quei servizi sanitari primari, a cui un cittadino ha diritto e che la sanità pubblica dovrebbe assicurare»[4]. Quello di Mottola è infatti un ospedale nuovo, all'avanguardia e, soprattutto, capiente. Al microfono di "Non è l'Arena", il primario di Medicina Fernando Sogari spiega:

C'è un seminterrato, un piano rialzato, un primo piano, un secondo piano, un terzo piano

---

[2] *Mottola, l'ospedale della discordia. Il servizio di Danilo Lupo*, "Non è l'Arena", puntata del 23.04.2020 [https://www.youtube.com/watch?v=Oo0CeMSfn5w].

[3] A.G. D'AGATA, *Mottola: ospedale senza servizi*, "Lipazri.biz", 10.19.2009 [https://www.lipari.biz/notizia.asp?idnews=7440].

[4] Ivi.

> e un attico. Per l'ammontare di 24.000 metri quadri[5].

Tuttavia, questa struttura rimane per la maggior parte vuota e inutilizzata. Come inutilizzate sono le numerose attrezzature mediche:

> Il nuovo presidio ospedaliero, infatti, era inizialmente dotato di un Pronto soccorso Autonomo, con la presenza di un medico chirurgo 24 ore su 24 [...] La nuova struttura ospedaliera, poi, oltre ad ospitare tutta l'equipe medica e cardiologica [...] a disposizione della quale erano stati destinati trentaquattro posti letto, doveva essere un centro di riabilitazione neurofisiomotoria con diciotto posti letto, affidati a tre primari (un neurologo, un ortopedico ed un fisiatra) [...] Peraltro, fu istituito un Centro materno infantile, a cui furono destinati quattro posti letto, che consentivano di effettuare tutti gli accertamenti pre e post parto e pre e post intervento chirurgico [...] Era in servizio anche un'equipe di pediatri, che, oltre ad effettuare visite specialistiche, si occupava di ecografie alle anche per neonati. Furono istituiti anche quattro posti letto di day hospital di Chirurgia ed era in funzione un Laboratorio Analisi, dotato di apparecchia-

---

[5] *Sanità in Puglia, lo scandalo dell'Ospedale di Mottola*, "Non è l'Arena", puntata del 30.03.2020 [https://www.la7.it/nonelarena/video/sanita-in-puglia-lo-scandalo-dellospedale-di-mottola-30-03-2020-316595].

ture all'avanguardia, che facevano del nuovo presidio ospedaliero mottolese il centro di riferimento per le strutture sanitarie limitrofe. C'era la radiologia, che era stata provvista di una diagnostica digitale, la seconda in tutto il meridione. La struttura era stata dotata di ambulatori, ove operavano specialisti di diverse branche chirurgiche e mediche (oculista, dermatologo, ortopedico, neurologo, fisiatra, endocrinologo, ecc.)[6].

Un centro pensato, progettato e realizzato per garantire agli utenti i servizi sanitari indispensabili ma che, nel giro di soli cinque anni, è stato dismesso, con la conseguente involuzione nella garanzia dei servizi erogati.

Come denuncia, già nel marzo 2020, il consigliere regionale dei 5 Stelle, Marco Galante, alla "Gazzetta del Mezzogiorno":

> In provincia di Taranto i Cpt, Centri Polifunzionali Territoriali, non sono mai stati attivati e solo lo scorso dicembre è stata approvata la riconversione dell'ospedale di Grottaglie in Pta e Ppa. A questo si aggiunge l'ex Umberto I di Mottola di cui la maggioranza si è resa conto solo grazie alla tv che da piano di riordino avrebbero dovuto esserci un hospice da 20 posti e Rsa R1 ad alta intensità assistenziale da 40 posti. Oggi veniamo a scoprire che sarebbe tutto fermo per la man-

[6] A.G. D'AGATA, *Mottola: ospedale senza servizi*, cit.

cata vicinanza della struttura a un reparto di Rianimazione[7].

"Riconversione". Bene scrive l'Anaao-Assomed: «Siamo stanchi come sindacato, come Medici e come pazienti, di sentirci ripetere che gli ospedali non sono stati chiusi ma solo riconvertiti. Cosa vuol dire?»[8].

«Che vuol dire»? Che, con il sopraggiungere del Covid e il susseguirsi delle ondate pandemiche, mentre a Taranto i pazienti da un lato si contendono i posti letto tra tende e container, e dall'altro pazienti immunodepressi non vedono garantita la sicurezza nei reparti di Oncoematologia, a soli 20 km un ospedale con stanze attrezzate, con l'ossigeno già predisposto, dotato di macchinari rimane per lo più inutilizzato. Perché? Risponde il dottor Fernando Sogari: «Questo è quello che tutti ci domandiamo»[9].

---

[7] M.R. GIGANTE, *Taranto, dopo il virus ora il batterio: Procura indaga su infezioni klebsiella al Moscati*, "La Gazzetta del Mezzogiorno", 01.03.2020 [https://www.lagazzettadelmezzogiorno.it/news/taranto/1223100/taranto-dopo-il-virus-ora-il-batterio-procura-indaga-su-infezioni-klebsiella-al-moscati.amp].

[8] Comunicato Stampa Anaao-Assomed, 08.08.2020.

[9] *Sanità in Puglia, lo scandalo dell'Ospedale di Mottola*, cit.

TERZO GIRONE

Lasciate ogne speranza, voi ch'intrate.

D. ALIGHIERI, *Inferno*, canto III

MORTE DI UN UOMO STRAORDINARIO

di Venere Rotelli

Mi chiamo Venere, ho avuto e ho l'onore di essere la figlia di un uomo straordinario, nel senso etimologico della parola, un uomo che ha sacrificato la sua vita per il bene della comunità e, cosa ancora più importante, per la cura delle anime nel paese in cui è nato, Massafra.

Francesco Rotelli, pastore della chiesa evangelica "parola di vita" di Massafra, padre di tre figli, marito amorevole, nonno di sei nipoti e da poco anche di due splendide pronipoti.

Il 27 novembre del 2020 è entrato a far parte di una asettica casistica, di un bollettino, quello delle morti per Covid. Per molti non è che una delle 827 vittime in Italia e una delle 48 in Puglia di quel giorno.

Già. I morti per Covid: le morti del protocollo, le morti del sacco chiuso, le morti senza funerali, le morti degli addii mancati. Le morti delle domande assillanti che, giorno dopo giorno, rimbombano (e lo faranno per sempre) nella testa: e *se* non avessimo chiamato l'ambulanza? *se* il medico di famiglia se ne fosse accorto prima e *se* non ci fossimo fidati del luogo più sicuro dove poteva stare… l'ospedale?

La trafila che lo ha portato a morire nel reparto di Terapia intensiva dell'ospedale Moscati di Taranto è simile a quella di tanti altri. Il 6 novembre 2020 arriva la solita febbricola, quella che si presenta puntuale tutti gli anni. Il naso cola un po', ma lui con i suoi 72 anni, con nessuna patologia importante e super attivo, si limita a comunicarlo al suo medico di famiglia che lo rassicura: «Tranquillo Franco, è la solita influenza, prendi la Tachipirina e stai al caldo».

I giorni passano, la febbre va e viene. Poi arriva la tosse e la saturazione scende a 78.

«Papà chiama il 118!» gli diciamo noi figli.

«No, sono in buone mani, mi fido del mio medico». Lo stesso medico che, nel frattempo, ha chiesto a mio fratello di andare a prendere l'ossigeno in farmacia.

La situazione, anziché migliorare, peggiora. L'undici alle 16 si decide. Lo chiede lui: «Chiamate l'ambulanza».

La saturazione è bassa. Mia madre non scende perché deve preparargli la borsa. È mio fratello che lo accompagna giù in strada.

«Voglio scendere con le mie gambe» dice.

«Hai preso le melanzane dalla macchina?» chiede a mio fratello.

«No» risponde lui con gli occhi rossi di chi trattiene le lacrime.

«Prendile per favore».

E poi se ne va via, con gli operatori del 118.

Mentre è in ambulanza, ci teniamo in contatto con lui telefonicamente. Ci manda foto con la mascherina, si lamenta che sono trascorse 9 ore da quando ha lasciato la casa ed è ancora lì, sdraiato sul lettino dell'ambulanza. È un tipo molto tecnologico, fotografa e documenta tutto con il suo Samsung A30. In quel telefono conserva le foto, i messaggi ma anche i suoi pensieri, le sue annotazioni. Fotografa soprattutto le cose che non vanno e poi ce ne parla a casa, documentandole.

In quelle 9 ore di attesa i nostri messaggi, quelli dei suoi figli, di mia madre, dei suoi nipoti, accendono continuamente il suo cellulare: «Ti vogliamo bene, forza papà passerà…».

La mattina seguente cominciamo a non ricevere più suo messaggi: "Però li ha letti, sì li ha letti, evidentemente non può rispondere" pensiamo.

Nel corso della mattinata sentiamo finalmente un medico che ci dice che è stabile e collaborativo.

«Ma perché non risponde?».

«Evidentemente si è scaricato il cellulare».

Non lo abbiamo mai più sentito. L'ultima frase con mio fratello è stata sulle melanzane. Io, invece, come ultimo ricordo, ho quello di una litigata furiosa quanto inutile: non voleva prestarmi la macchina. L'ultima parola è stata un 'va fa 'n culo. Non ci è stata data la possibilità di salutarlo, di dirgli quanto lo amavamo. Di fargli sapere che non era solo, che non lo avevamo abbandonato. Non lo abbiamo più sentito.

Lo abbiamo seguito da lontano, appuntando un bollettino giornaliero che abbiamo pubblicato quotidianamente su un social della chiesa evangelica di Massava, di cui mio padre era il pastore. Lo abbiamo fatto per tenere informati i fedeli e gli amici in apprensione per mio padre. Lo amavano molto, era la loro guida. Non solo, era la loro forza.

Giovedì 12.11.2020

Le notizie sono molto generiche. Ci riferiscono che le sue condizioni sono stabili e che la situazione è sotto controllo. È in rianimazione, ma è vigile. Non una parola in più.

Venerdì 13.11.2020

Sedato e intubato. Situazione stazionaria.

I dottori attendono che il polmone si riprenda e papà respiri autonomamente.

Sabato 14.11.2020

Sedato e intubato, ma si sono verificati dei miglioramenti per quanto riguarda la ventilazione.

Domenica 15.11.2020

Sedato e intubato. Ci viene detto che gli scambi d'ossigeno sono discreti e che non è più paralizzato.

Lunedì 16.11.2020

Sedato e intubato. Hanno iniziato a ridurre la portata d'ossigeno perché si sono verificati ulteriori miglioramenti.

Martedì 17.11.2020

Sedato e intubato. I valori sono buoni, la situazione è stabile. Ci viene riferito che papà non è più nelle condizioni critiche in cui è arrivato.

Mercoledì 18.11.2020

Le condizioni sono stabili. Proveranno a diminuire la portata dell'ossigeno.

Giovedì 19.11.2020

Ancora sedato e intubato. Valori delle analisi del sangue buoni. Nei prossimi giorni proveranno a fare la ventilazione mista.

Venerdì 20.11.2020

Ci sono stati dei peggioramenti. Nelle ultime 24 ore è comparsa la febbre, per via di un'infezione batterica (non sappiamo di quale natura) presa in ospedale.

Sabato 21.11.2020

Queste le poche parole: «La situazione è stabile».

Domenica 22.11.2020

Non ha più febbre. I valori degli emogas sono sufficienti e le analisi del sangue non mostrano nulla di preoccupante.

Lunedì 23.11.2020

Stessa cosa. Niente febbre, valori analisi del sangue buoni ed emogas a livelli accettabili.

Martedì 24.11.2020

Situazione stabile, uguale a quella del giorno precedente.

Mercoledì 25.11.2020

Condizioni di salute stabili con lievi miglioramenti. Si programma una tracheotomia. Dicono che i lievi miglioramenti non bastano, sperano in un salto.

Giovedì 26.11.2020

Non c'è nessun miglioramento. Dicono che si tratta di una situazione delicata.

Venerdì 27.11.2020

Ci comunicano che alle 8:45, Francesco Rotelli è deceduto per arresto cardiaco.

Tralascio la disperazione nella quale siamo stati precipitati. È quella di tutte le famiglie quando perdono un proprio caro.

Assistiamo da imbucati, da lebbrosi nascosti in un angolo lontano alla sua tumulazione. Mia madre si domanda se in quella bara che scompare dietro la lapide ci sia davvero il corpo di suo marito. Nudo, sigillato dentro a un sacco, si chiede se ci sia veramente la sua salma. Non posso risponderle. Non abbiamo potuto vederlo nemmeno un'ultima volta. Qualche tempo dopo mi scopro quasi ad invidiare una mia amica, al funerale di suo padre. Lei almeno lo ha potuto accompagnare nel trapasso, le è stato vicina. Ha visto la sua salma, l'ha potuta baciare. Io, invece, immagino mio padre che si allontana in ambulanza. Poi una bara. Nient'altro.

Quello stesso giorno mio fratello mi chiede di andare a recuperare il cellulare, perché nel borsone consegnato dall'ospedale, non c'era. Raccolgo le forze e vado in quell'ospedale, il Moscati, che ha custodito per 15 giorni il bene più prezioso che avevamo: mio padre. Che ha accolto un uomo, i suoi sogni, la sua vita, e ha restituito un numero di uno sterile elenco di "morti Covid".

Chiedo all'ingresso. Mi liquidano velocemente dicendomi che non possono aiutarmi, che devo mandare una e-mail e che, comunque, è stato consegnato tutto.

Riesco a sfuggire al loro sguardo, chiamo un medico del reparto che scende e mi dice che posso andare a chiedere nel Pronto soccorso. Apre la porta una dottoressa. Non si presenta. Mi rimprovera per essere arrivata fin lì. Le dico che un medico mi ha dato il permesso: fanno un giro di telefonate che confermano le mie parole.

«Mi dispiace, ma qui non c'è nessun cellulare che corrisponde a quello di suo padre» sentenzia.

Un'altra persona mi dice: «Il cellulare di tuo padre è stato smarrito, evidentemente lo abbiamo buttato».

Per tutto il tragitto verso casa piango. Dico a mia madre, a mio fratello e a tutti i mei amati cari ancora in quarantena, che il cellulare non c'è.

Lì c'erano i suoi appunti, le sue foto, i filmati che girava alla sua pronipote che tanto lo divertiva; c'erano le sue risate, la sua voce registrata, i memo che usava per ricordarsi di fare delle cose: c'era un pezzettino del suo mondo.

Arrivo a casa, scrivo di getto un *post* dove denuncio la leggerezza con cui sono stata liquidata, la tragedia infinita che siamo costretti a vivere. Un giornalista de "La Repubblica di Bari" mi chiama e chiede se può scrivere un articolo. Acconsento. Il giorno dopo una giornalista di "Telenorba" mi chiama, domandandomi se può raggiungermi per una diretta. Accetto.

La diretta parte, racconto quello che è successo.

La giornalista mi dice che vuole intervenire il dirigente dell'Asl.

«Telefonicamente?» chiedo.

«No, in collegamento» mi risponde.

Che tempismo, penso. Parte il collegamento.

Sento poco, l'auricolare che mi passano è disturbato, c'è vento. Sento solo lui che dice che la mia è un'accusa pesante, lo tranquillizzo dicendogli che non stavo accusando nessuno, che ho solo raccontato dei fatti.

Parla di una cassaforte dove sono conservati tutti gli "oggetti dimenticati".

Quella "cassaforte", nei giorni successivi, diventa una stanza.

Una dirigente mi dice anche che a fine pandemia avrebbero esposto tutto quello che le persone defunte hanno lasciato. Insomma la questione si stava facendo amaramente ridicola. Tragicomica.

Ci rassegniamo: qualcuno ha rubato il cellulare di mio padre.

Finalmente ritiro la cartella clinica, altro colpo durissimo reso ancora più inaccettabile dal fatto che scopriamo che mio padre era stato intubato la mattina del 12 alle 6.20. Poche ore dopo essere salito in ambulanza. Sicuramente contro la sua volontà. Posso affermarlo perché spesso avevamo parlato con papà della sua morte. Non era un argomento che lo spaventava, non era un tabù. Da uomo di fede, di grande fede, vedeva la morte come un passaggio al quale prepararsi, da affrontare con lucidità, affidandosi alla preghiera. Da quando era scoppiata il Covid ripeteva spesso che lui non avrebbe permesso di farsi intubare. Voleva essere vigile e cosciente al momento del trapasso. Un medico del 118 ci confermerà che si è dibattuto, che ha lottato contro questa violenza. È stato intubato contro la sua volontà.

Ci sono troppe cose che non tornano nel suo ricovero e nella sua morte. L'idea del telefonino "scomparso", "buttato", "rubato" mi tormenta. Contattiamo un tecnico informatico. La perizia conferma che qualcuno, alle 12.10 del 12 di novembre ha fatto un accesso ai suoi profili Whatsapp, Messenger e Facebook. Qualcuno ha "curiosato" nel suo mondo, alla ricerca di chissà che cosa. Poi la *sim card* del cellulare è stata rimossa e qualcuno ha tentato di formattare il dispositivo.

Nel frattempo l'Asl ammette, tramite una e-mail, che c'è stato un furto da parte di ignoti.

Strano furto. Strano comportamento da parte di un ladro che, invece di liberarsi subito della scheda renderlo irreperibile il cellulare rubato, ha curiosato sui suoi social. Comportamento illogico e assurdo.

Per me invece diventa tutto più chiaro, drammaticamente chiaro.

Da quel giorno mia madre è una donna finita. Ha sposato papà quando aveva solo 14 anni. Era il pilastro della sua vita. Io non sono più la stessa persona.

Papà non era un numero, era un uomo straordinario. Quando togli una persona così dal mondo è un domino: non è solo lui a morire, è un intero universo a crollare.

AUGURI DI UN SERENO NATALE

di Tina Albanese

È un giovedì, un giorno normale o, almeno, noi pensiamo che lo sia. Siamo tutti al lavoro tranne la mamma che non viene con noi alla scuola di ballo come sua abitudine, ma rimane a casa. Ha un po' di influenza, sta a casa per curarsi la bronchite.

In una delle sue quotidiane chiamate con sua sorella dice di non sentirsi molto bene così, per avere un supporto, decidono di chiamare il 118. L'ambulanza arriva: le misurano la saturazione, la temperatura (non ha febbre), il diabete… tutto abbastanza sotto controllo. Poi gli operatori del 118 chiedono: «Signora vuole comunque venire per maggiore sicurezza?».

Inconsapevoli di dove l'avrebbero portata e di ciò che sta accadendo negli ospedali, noi famigliari le consigliamo di seguire la strada della massima precauzione e di andare con i medici. Mamma si lava, prepara tutto l'occorrente e sulle sue gambe sale in ambulanza. Direzione: Moscati di Taranto.

Non sappiamo dove viene ricoverata: se al Punto di primo intervento, in una tenda o in un container. Lei non specifica dove si trova. In realtà non sa neanche che è stata portata proprio in quell'ospedale. Comunque il suo stato di salute non ci sembra per nulla compromesso.

16 ottobre. Mamma viene trasferita nel reparto di Malattie infettive. Ci messaggia l'elenco di tutti i medicinali che prende giornalmente e di tutto il necessario per la sua igiene. Poi telefona per dirci che non le hanno fatto ancora nessun controllo ma che non si sente male.

17 ottobre. Le fanno una Tac. Mamma si lamenta: dice che l'hanno portata fuori dall'ospedale e che aveva tutta la schiena scoperta. Scopriremo poi che i pazienti venivano portati fuori dal reparto tramite un montacarichi esterno. Pazienti già compromessi, ai quali questa "uscita" in pieno inverno non fa che peggiorare il già precario stato di salute. Dopo questa "scampagnata", mamma ha preso la tosse.

18 ottobre. Le mettono l'ossigeno a ventilazione artificiale. Mamma chiede immediatamente aiuto, perché si sente morire. Ricevo una chiamata dai medici che mi dicono che vogliono intubarla perché sta molto male!!! Gli domando come sia possibile. Ho sentito più volte mia mamma e il suo stato di salute mi è sembrato buono. Gli chiedo anche di dimetterla dall'ospedale, che ci assumiamo noi tutte le responsabilità. Mi viene risposto: «Si sta macchiando dell'omicidio di sua madre». Aggiungono che non siamo noi a dover decidere per lei, perché mamma è capace di intendere e volere. Dunque ogni decisione spetta a lei soltanto.

Quell'operatore sanitario mi ha fa sentire un verme.

Decido di chiamare il suo medico di famiglia e i miei fratelli, per confrontarci sulla situazione. Concordiamo sul fatto di doverla convincere a farsi aiutare con la Cpap, ma di rifiutare l'intubazione. Insomma, ci fidiamo del personale sanitario, anche se nel mio cuore sento che c'è qualcosa che non va.

In tutto questo, la mamma non viene mai informata dai medici del suo stato di salute. Quando ci chiama ci chiede di spiegarle le sue condizioni. I medici, invece, ci dicono che ogni decisione di cura viene discussa con la paziente.

Mamma, dal canto suo, si lamenta che con la Cpap si sente morire, che le comprime il petto. Dice anche che con gli occhialini e l'ossigeno normale sta meglio. La sensazione che ci sia qualcosa che non torni aumenta.

Mamma ci invia costantemente messaggi e video. Ci chiama continuamente per informarci di tutto quello che accade. Così apprendiamo che i medici non entrano in stanza se non per qualche minuto. Che non la informano di nulla. Quando insiste, le viene detto solamente: «Bronchite».

Gli infermieri, figure fugaci e perlopiù inesistenti, entrano solo per metterle le flebo. Non c'è nessuno che l'aiuti a mangiare e nessuno che la lavi. Rimane per ore nelle sue stesse feci.

Le sue richieste di aiuto cadono nel vuoto o peggio, vengono ignorate. «Signora per sistemare lei, poi devo ricoverarmi io!», questo le viene detto in risposta in un'occasione.

Abbandonata a se stessa, senza il conforto di chi avrebbe dovuto aiutarla, mamma si vede privare di ogni briciolo di dignità. L'unica possibilità di sfogo rimangono le chiamate ai figli e ai nipoti. Noi, dal canto nostro, abbiamo le mani legate. Possiamo solo provare con le parole a farla reagire e resistere.

4 novembre. Vengo chiamata dall'ospedale. Mi viene detto che vogliono provare con il casco, perché meno invasivo rispetto alla Cpap. Anche in questo caso mamma non viene informata di nulla, siamo noi figli a spiegarle, tramite WhatsApp che cosa le avrebbero messo…

A questo punto le viene tolto il telefono. Non sappiamo per quale motivo, anche perché abbiamo visto numerosi pazienti con il casco che continuano a messaggiare con i parenti.

Quando chiamiamo in ospedale per chiedere delle condizioni della mamma ci viene sempre data la stessa identica risposta: «Nella sua criticità è stabile». Quando mi viene detto che c'è stato un piccolo miglioramento mi fido, sono felice. Nell'onda dell'entusiasmo chiedo all'operatore di ridarle il suo telefono, così da poter stare vicino a mamma. Mi viene detto che non è possibile, ché interferisce con i macchinari.

6 novembre. Chiamo, come tutti i giorni alle 19:30. È l'orario in cui ci è stato detto di chiamare. Prima non risponde nessuno. Scopro che mamma è stata intubata. Nessuno ci ha informato. È stata intubata senza il nostro consenso. Lo faccio notare all'operatore sanitario dall'altra parte del telefono.

Risposta: «Abbiamo seguito il protocollo».

Qui inizia il nostro vero incubo, perché siamo consapevoli del fatto che mamma non ne uscirà viva.

Siamo disperati. Non sappiamo più cosa fare. Giorno dopo giorno supplichiamo gli operatori sanitari di curare la mamma, di sottoporla a una sperimentale, magari quella con il plasma. Niente da fare. Non è nel protocollo.

Mamma è in Rianimazione, intubata. Si becca un batterio ospedaliero. Non ci dicono di quale batterio si tratti: «E se anche glielo diciamo che cosa cambia!».

18 novembre. La mamma, la mia mamma, la nostra mamma muore nel reparto di Rianimazione dell'ospedale Moscati di Taranto. Muore sola, privata dell'amore dei suoi cari. Muore nell'indifferenza di chi l'avrebbe dovuta curare ma che ha invece semplicemente seguito un protocollo, che l'ha portata alla morte.

A questo dolore infinito, si aggiunge il dolore della "scomparsa" della sua fede nuziale. Un bene affettivo dal valore inestimabile.

In chiusura vorrei augurare a tutti un sereno Natale, quello che a noi avete tolto per sempre.

QUI ME STANNO A FA' FARE IL GIRO DEL MONDO

di Paola Regina

Sento ancora la tua voce: «Qui me stanno a fa' fare il giro del mondo».

E io: «A babbo, mi raccomando non mollare, non ti arrendere».

«No Paola, ci vediamo a casa».

Ci vediamo a casa…

Mio padre non ha mai disatteso le sue promesse.

Pochi giorni dopo lo raggiungo al Moscati. È dietro a un vetro, incosciente e con la Cpap. Lui forte nel fisico oltre che nella mente.

Gli urlo: «Babbo, babbo sono qui. Sono guarita e sono tornata a casa. Ti sto aspettando babbo!!!».

Nulla, rimane immobile.

Si avvicina una dottoressa: «Lo abbiamo dovuto sedare perché non teneva la maschera».

Penso tra me e me: "Babbo che non tiene la maschera dell'ossigeno? Com'è possibile?".

Mio padre è un ufficiale dei Carabinieri in congedo. Esperto di Artiglieria presso il tribunale di Lecce. Paracadutista, ex pugile, cultore dello sport… correttore di bozze per testi storici. Una persona colta e, soprattutto, rispettosa e ligia alle regole.

Mio padre. Un caposaldo per la nostra famiglia. Una pietra miliare. Una persona attenta ai bisogni di tutti. Perché doveva lasciarsi andare? Perché rinunciare a combattere?

Ho avuto il permesso di guardare, al di là dei vetri, dentro il reparto di Rianimazione.

La prima cosa che noto di quel reparto è il pavimento sporchissimo. Ci sono come dei piccoli pezzettini di ovatta sparsi su tutto il pavimento.

Il primo giorno il macchinario della ventilazione già suona e devo chiamare l'infermiere. La stessa cosa si ripeterà tutti gli altri giorni.

Ho un ricordo indelebile della signora Pizzolla che, rivolgendosi all'infermiera al di là, del vetro grida: «Può togliere la mosca dalla faccia di mio marito? può togliere la mosca che gli dà fastidio?».

A fianco a me c'è anche Danilo. Ci guardiamo increduli.

La mosca, pochi giorni dopo, è sul viso di mio padre, sulle sue ferite… sì perché mio papà ha dei segni sul volto così come sotto le ascelle. Ha anche un grande livido sulla parte destra della nuca.

Quando l'ho notato ho chiesto subito al dottore: «Perché il mio babbo ha questo grande livido? che cosa è successo?».

Risposta: «Forse è caduto in casa».

Mio padre non è caduto in casa.

Al di là dal vetro, l'ho sempre visto addormentato. Senza possibilità di reagire. Senza possibilità di difendersi.

Ho seguito il velocissimo declino giornaliero, fatto di notizie sempre nuove:

«Suo Padre ha il sodio alto»;

«Suo padre non drena, si sono bloccati i reni».

Ricordo pure quando viene stubato. Babbo è prono e, per rimettere il tubicino, un infermiere incapace di farlo ne cambia sette. Poi è costretto ad aspettare l'intervento del medico.

Povero babbo mio. Quanta sofferenza, quanto dolore ti sono stati inferti.

Adesso, non ho neanche più una lacrima. Non so per quanto tempo ho dormito con la luce accesa. Davanti agli occhi il volto sofferente di mio padre. Tutte le sue ferite, la sua espressione dolorante… la mosca che ronza.

Nelle orecchie ancora tutte le parole, tutte le bugie, tutte le illusioni comunicateci dai medici.

I medici sono poco accoglienti. Freddi direi. Una in particolare. L'unica cosa che sa ripetere è: «Noi stiamo sperimentando. Queste sono cure sperimentali».

Ricordo un episodio inverosimile. La figlia, forse ventenne o giù di lì, del signor Pizzolla, che ogni qualvolta si presenta alle visite quasi barcolla. Ripete spesso di essere figlia unica e che deve farsi molto coraggio per entrare lì. Ripete di quanto sia legata al padre. Ricordo, come se fosse oggi, quando si avvicina alla dottoressa di cui sopra e con voce timida le chiede: «Scusi dottoressa, ma mio padre potrebbe morire?».

Lei, con una freddezza glaciale, le risponde: «Certo che potrebbe morire!!!».

Danilo e io dobbiamo soccorrere la ragazza. Quasi sviene, non riesce più a respirare, ha un attacco di panico.

Povera.

Mio padre, di soli 78 anni, asintomatico positivo, da 12 giorni in casa senza febbre, con saturazione 98, entra per un controllo al Santissima Annunziata il 22 aprile e muore per sepsi al Moscati il 13 maggio 2021.

SCUSAMI PAPÀ

Il Moscati si è preso tutto.

Mio padre, Francesco, se l'è portato via alle 5 del pomeriggio del 18 marzo 2021, mentre davo l'ultimo saluto a mio marito Dario, che quell'ospedale si era già preso il 16 marzo. Due giorni prima.

Uscendo dalla chiesa ho visto lo sguardo di mio fratello e di mia sorella e non ho capito subito: pensavo che il loro fosse lo sgomento e lo smarrimento per me, per le ragazze, che dovevamo vivere senza Dario. E, invece, la crudeltà di chi doveva salvare, curare, ci aveva colpito di nuovo.

Papà lo aveva capito subito. Sento ancora la sua voce che per telefono mi implora:

«Nora, a papà, questi non capiscono niente, sono come dei bambini allo sbando, non mi fanno nessuna terapia».

E io, ingenuamente: «Papà fatti forza andrà meglio».

Non potevo immaginare che avessi ragione, che per 14 giorni non ti hanno mai nemmeno cambiato la biancheria. Ci hanno restituito la biancheria intonsa mentre quella che avevi indosso era vergognosamente sporca.

Quando ci hai scritto che chiedevi l'acqua e nessuno te la portava era ormai troppo tardi per riportarti a casa. Anche perché non ci sarebbe stato permesso. Il tuo, quello di Dario, quello di tutti i pazienti Covid è stato un sequestro autorizzato e legalizzato.

Quando Dario è morto, uno di quei medici che vi avevano in "cura" mi ha scritto che per te: «Facevano di tutto come sempre». Io, ancora, provavo a credergli. Non avevo alternative. Poi ho scoperto leggendo la cartella che non hanno fatto niente, neanche le cose più semplici. E che il mio papà ha sofferto tanto.

Scusami papà. Non ho capito a che gente ti avevo affidato. Se fossi rimasto a casa, almeno la mamma si sarebbe presa cura di te. Lei come sempre facendo di tutto. Menomale che non hai saputo di Dario, ti saresti dannato dal dolore per lui, per me, per le ragazze. Eppure per 4 giorni in Rianimazione siete stati di fronte, in letti già giacigli di morte. Dove la totale mancanza di attenzione e igiene vi ha fatto preda di batteri più aggressivi del Covid, quei microorganismi che non lasciano scampo.

Ti hanno ridotto una pezza, sino a toglierti il respiro. Proprio come il respiro che manca a me ora, che della mia famiglia non ho più gli uomini importanti.

«Fatti forza papà». Che parole stupide da dirti come ultima frase scambiata con chi ti ha dato la vita. Scusami papà. Ma avevo paura di incupirti e non ho avuto il coraggio di dirti "grazie papà. Di tutto quello che hai fatto per me, dell'amore incondizionato con il quale hai amato le mie figlie, di avermi fatto studiare tra mille difficoltà, di esserci stato sempre".

La verità con il tempo verrà fuori ne sono certa, forse il tempo non è ancora maturo, ma non si può sottacere ancora per molto.

Nel frattempo alzo gli occhi al cielo e in silenzio sussurro "grazie e scusami papà".

SAN GIUSEPPE MOSCATI

Giuseppe Moscati, il medico Santo, nasce a Benevento il 25 luglio del 1880. Settimo di nove figli, non segue la carriera del padre (magistrato e presidente del tribunale di Benevento, poi consigliere di Corte d'Appello a Napoli) ma, rompendo con la tradizione famigliare, si iscrive alla Facoltà di Medicina: «Unicamente per poter lenire il dolore dei sofferenti»[1]. Conseguita la laurea con il massimo dei voti e dignità di stampa, inizia la professione di medico nel 1903 presso gli Ospedali Riuniti di Napoli, avendo vinto il relativo concorso[2]. Di lui colpivano il particolare spirito caritativo e la fede cristiana dimostrati nell'esercizio della professione medica. Tra i tanti episodi della sua vita, ricordiamo il suo impegno attivo durante l'eruzione del Vesuvio del 4 aprile del 1906, nel corso della quale diresse personalmente le operazioni di evacuazione dei ricoverati presso l'ospedale di Torre del Greco, struttura che abbandonò solo quando non fu certo che non vi fosse più nessun

---

[1] E. FLOCCHINI, *San Giuseppe Moscati, laico,* "Santi, beati e testimoni", 27.07.2015 [http://www.santiebeati.it/dettaglio/77850].

[2] AA.VV., *Giuseppe Moscati. Il Santo di tutti,* "Bollettino dell'Ordine dei Medici Chirurghi e degli Odontoiatri di Napoli e provincia", anno 76, n. 6, dicembre 2006 [https://www.ordinemedicinapoli.it/upload/file/id-13-1255627687-bollettino_dicembre_2006.pdf].

paziente all'interno; la sollecitudine applicata nell'epidemia di colera che colpì duramente Napoli nel 1911, quando venne chiamato dalle autorità cittadine a occuparsi della profilassi della malattia; la dedizione nella direzione del militare istituito presso l'ospedale detto degli "Incurabili" durante la Grande guerra.

Aiuto ordinario negli ospedali Riuniti di Napoli, socio aggregato dell'Accademia Medico-Chirurgica, libero docente in Chimica fisiologica, collaboratore della rivista "Riforma Medica", il dottor Giuseppe Moscati si distingueva per una capacità "miracolosa" nel diagnosticare le malattie "leggendo" i sintomi. Testimonia un suo allievo, Enrico Polichetti:

> Egli diagnosticava per induzione, a colpo, dopo poche battute, con pochi segni, l'ascesso subfrenico, con un intuito, un acume, una sicurezza che avevano della divinazione, quale solo lui poteva permettersi: era nello stato di grazia: il santo che compiva ogni volta il miracolo, e noi lo ascoltavamo estatici, pendevamo dalle sue labbra[3].

Ma, soprattutto, San Giuseppe Moscati viene ricordato per il suo impegno e l'affezione nella cura dei malati più poveri. Si legge nel Martirologio Romano:

> A Napoli, san Giuseppe Moscati, che, medico, mai venne meno al suo servizio di quotidiana

---

[3] V. Riberio Corrossacz, *Giuseppe Moscati, santo*, "Dizionario Biografico degli Italiani Treccani", vol. 57, 2001.

> e infaticabile opera di assistenza ai malati, per la quale non chiedeva alcun compenso ai più poveri, e nel prendersi cura dei corpi accudiva al tempo stesso con grande amore anche le anime[4].

Questo è il medico santo dal quale l'ospedale San Giuseppe Moscati di Taranto trae il suo nome. Un esempio di vita al servizio dei malati, di umanità e di santità difficilmente conciliabili con ciò che hanno vissuto i nostri cari all'interno di questo ospedale.

---

[4] E. FLOCCHINI, *San Giuseppe Moscati, laico*, cit.

CANALE TERMINALE

Il direttore generale dell'Asl di Taranto, il dott. Stefano Rossi, alla domanda diretta della giornalista nell'intervista mandata in onda dalla rete televisiva "Telenorba" il 17 aprile 2021: «La percentuale (dei decessi, NdA) si può fare sui pazienti ricoverati in Rianimazione?» risponde: «No. Perché Rianimazione, purtroppo, è già un *canale terminale* delle cure»[1]. Un luogo dove si va a morire, insomma.

Eppure c'è chi questi dati li ha raccolti e schematizzati. Sul sito realizzato dall'Istituto Nazionale di Fisica Nucleare, che elabora i dati forniti dall'Istituto Superiore di Sanità: «Con il quale l'INFN ha stabilito un accordo di collaborazione scientifica, approvato il 31/3/2021»[2], leggiamo:

> **Contenuto dei dati**
> Settimanalmente riceviamo dall'ISS dati anonimi riferiti a ciascun paziente. Le informazioni a nostra disposizione sono riassunte in questa tabella [...].
> **Fonte dei dati**
> I dati che riceviamo, da cui sono tratte queste elaborazioni, provengono dall'ISS e l'accordo non prevede la possibilità, da parte dell'INFN, di renderli pubblici. Tuttavia, è possibile sca-

[1] *Taranto, morti sospette al Moscati*, "TG Norba", 17.04.2021 [http://www.norbaonline.it/ondemand-dettaglio.php?i=109812].

[2] COVIDSTAT INFN, *Dati dell'Istituto Superiore di Sanità*, INFN [https://Covid19.infn.it/iss/] (visitato il 07.07.2022).

ricare i dati elaborati, relativi ai grafici pubblicati [...][3].

Alla sezione "Rapporti e percentuali" dei "Grafici" del sito, è possibile rinvenire le percentuali in Italia (dal 1° aprile 2020) di:

- Ricoveri su positivi, riportati alla data del tampone;
- Ingressi in Terapia intensiva su positivi, riportati alla data del tampone;
- Decessi su positivi, riportati alla data del tampone;
- Terapia intensiva su ricoveri, riportati alla data di ricovero;
- Deceduti su ricoveri, riportati alla data di ricovero;
- Deceduti su Terapia intensiva, riportati alla data di ingresso in Terapia intensiva[4].

Scopriamo così che in Italia al 10 ottobre del 2020, la percentuale di deceduti su Terapia intensiva è pari a 37,44%; al 10 novembre a 41,46%, al 10 dicembre 44,56%, fino al picco di 50,29% del 5 maggio 2021[5]. Tuttavia non sono le percentuali che ci importano, quanto la disponibilità dei dati da cui vengono elaborate. Dunque riproponiamo la domanda della giornalista di TeleNorba: qual è la percentuale di mortalità nel reparto di Rianimazione dell'ospeda-

[3] Ivi.

[4] Ivi.

[5] Ivi.

le Moscati di Taranto? o, secondo la definizione del dottor Rossi, del "Canale Terminale"?

Non è dato sapere, ma l'impressione è che questa definizione testimoni una realtà troppo devastante per essere rappresentata in forma percentuale. Il reparto di Rianimazione, tuttavia, non è che l'ultimo girone di una discesa verso l'inferno. Come abbiamo raccontato, prima di giungere nel "Canale Terminale" sono state molteplici le traversie che i pazienti hanno dovuto attraversare. Le problematiche che noi parenti delle persone decedute nel reparto di Terapia intensiva del Moscati abbiamo riscontrato vanno dall'alterazione dei dati dei pazienti riportati in cartella clinica alle imprecisioni e incongruenze riscontrate nelle stesse; dall'evidente vuoto di comunicazione tra i reparti ospedalieri alla mancanza di terapie e all'assenza di esami diagnostici; dall'abuso dell'ossigeno alla presenza di Ica (acronimo di Infezioni Correlate all'Assistenza, termine generico con il quale vengono definite le Infezioni contratte nelle strutture sanitarie e che non erano presenti al momento del ricovero) spesso antibiotico-resistenti.

Mio padre, Francesco Coletta, al momento del ricovero ha 74 anni e pesa circa 60 kg. È un uomo energico, un super sportivo. Nella consulenza rianimatoria (del 5 marzo) viene identificato come un uomo di 84 anni del peso di 86 kg. Dopo l'ingresso in ospedale (3 marzo 2020), viene prima ricoverato nel reparto infettivi, poi in Pneumologia. Qui viene registrata in cartella clinica una diagnosi pregressa di Bpco (Bronco Pneumopatia Cronica Ostruttiva) della quale mio padre non ha mai sofferto e per la quale non ha mai assunto nessun farmaco. Tant'è che questa diagnosi viene evidenziata solo in una pagina della cartella clinica, senza supporto alcuno e senza nessun genere di riscontro o evidenza clinica.

Lo stesso è occorso a mio marito, Dario Maniglia. Al momento del ricovero ha 56 anni, è alto 1,82 m e pesa 115 kg che, nella cartella clinica, diventano 125 kg. Sempre nella cartella si legge che Dario soffre di Osas (dall'inglese *Obstructive Sleep Apnoea Syndrome* ovvero Sindrome delle Apnee Ostruttive del Sonno) con diagnosi effettuata nel gennaio del 2021. Ancor più grave, si specifica che si tratta di «Osas in Cpap»[6]. Cosa che non corrisponde al vero. Dario soffriva infatti di reflusso gastro-esofageo e, nel gennaio del 2021, si era recato al Pronto soccorso perché i soliti rimedi (cuscini alti, Gaviscon) non sortivano effetto. La relazione del Ps lo certifica. Non solo. Dario viene descritto come un uomo gravemente malato e affetto da svariate patologie. Altra cosa non vera. Colpito da un aneurisma nel 2008, era infatti stato operato e dichiarato guarito, senza necessità di ulteriori controlli. Come si evince anche dalla pressione arteriosa che, al suo ingresso in ospedale, è infatti più che normale (70/120).

Semplice disattenzione? difficile da dirsi. Certo è che questa grande superficialità nella valutazione dei pazienti, spinge a chiedersi se questi grossolani errori relativi all'età, al peso e alle patologie possano aver influenzato negativamente le scelte terapeutiche e la corretta somministrazione dei farmaci. O se tale alterazione della realtà clinica servisse a giustificare la presunta comorbilità che avrebbe poi determinato la morte dei pazienti.

---

[6] La Cpap (acronimo di *Continuous Positive Airway Pressure*), è un trattamento di supporto alla respirazione durante il sonno, utilizzato per i soggetti che soffrono di apnea notturna e Osas.

In aggiunta alla dozzinale attenzione riservata all'anamnesi, sempre dalle cartelle cliniche, apprendiamo del totale scollamento e della disarmante mancanza di comunicazione tra i vari reparti dell'ospedale.

Molti dei nostri cari hanno transitato da Infettivologia, Pneumologia per poi essere ricoverati infine in rianimazione. Passare da un reparto all'altro in ambiente ospedaliero dovrebbe rappresentare un percorso senza soluzione di continuità, caratterizzato da una coerenza diagnostica e terapeutica. Si suppone che gli specialisti dei vari reparti comunichino. Ma così non è.

Mio marito è entrato al Moscati di Taranto il 3 marzo 2021 per un ricovero precauzionale, lo stesso che è anche stato proposto a me (ma che non ho potuto accettare, dovendo rimanere a casa con le nostre figlie). Il suo stato di salute, come riferitomi, al momento del ricovero è buono. Gli esami sono nella norma e la Pcr[7] è bassa (valore pari a 8,9). Il giorno seguente, la situazione peggiora e viene trasferito nel reparto di Pneumologia. Qui, visto il dolore al torace lamentato, viene richiesta una consulenza cardiologica. Sospettando un'embolia polmonare, il cardiologo, richiede in modo perentorio ed elencando numericamente:

> 1. Angiotac Torace (per escludere embolia polmonare);
> 2. Intubazione e consulenza rianimatoria per eventuale trattamento intensivo invasivo respiratorio;

[7] Pcr: Proteina C-Reattiva è una proteina rilevabile nel sangue prodotta dal fegato e facente parte delle cosiddette "proteine di fase acuta", sintetizzate durante uno stato infiammatorio e considerate marcatori di infiammazione (meccanismo di difesa dell'organismo in risposta ad agenti patogeni).

3. Monitoraggio D-dimero (per verificare l'esistenza di un'embolia polmonare);
4. Sospensione della terapia con Lobivon.

Nessuno, tuttavia, provvede a dare seguito a quanto tassativamente sollecitato dal cardiologo. Non viene disposta l'Angiotac torace né nessun altro accertamento diagnostico per verificare la causa del peggioramento respiratorio. Non viene effettuata nemmeno una semplice Rx torace. Non viene fatto nulla e, a sole 18 ore dal ricovero in Pneumologia, Dario viene trasferito o sarebbe forse il caso di dire "scaricato" in Rianimazione. Qui, per i primi due giorni, la respirazione viene gestita tramite il casco Cpap e il percorso terapeutico si limita alle altissime dosi di ossigeno pompate nei suoi polmoni, che arrivano addirittura al 100%.

Nonostante il paziente desaturi, nemmeno in questo reparto viene eseguita né una Tac né una Rx del torace. Non viene neppure sospesa la somministrazione di Lobivon[8], come espressamente richiesto dal cardiologo. A volte mi domando se i medici della Rianimazione abbiano letto la cartella clinica di Dario o se abbiano semplicemente ignorato quanto richiesto nel reparto di Pneumologia. Quale che sia la verità, tale mancanza non può certamente essere addebitata al numero eccessivo di pazienti ricoverati nel reparto, poiché al momento del ricovero di Dario vi erano soli 3 pazienti (che diventeranno 12 nel giorno del suo decesso), fronte a una disponibilità di 20 posti letto.

---

[8] Il Lobivon è un farmaco cardiovascolare appartenente al gruppo degli agenti beta-bloccanti selettivi (cioè con un'azione selettiva sul sistema cardiovascolare), somministrato in presenza di ipertensione o di uno scompenso cardiaco cronico.

Come nel caso di mio marito, nemmeno a mio padre, né al momento del ricovero né nei giorni seguenti, è stata eseguita una Tac del torace. Esame diagnostico che, tuttavia, stando alle parole del direttore generale dell'Asl di Taranto, il dott. Stefano Rossi: «[...] Viene fatta sempre. La TAC è lo strumento con il quale si riesce a verificare *de visu* la compromissione polmonare»[9].

Il 7 marzo, a quattro giorni da ricovero in ospedale, mio marito viene intubato, perché desatura e non risponde più alle alte pressioni di ossigeno. Solo a questo punto, e dopo diverse ore dall'intubazione, il personale medico decide di eseguire una Rx torace (si noti bene, non una Tac) scoprendo il pneumotorace che causava il deficit respiratorio e il dolore toracico lamentato da giorni (e per il quale era stata effettuata la consulenza cardiologica). Il pneumotorace, ovvero la presenza di aria nello spazio pleurico (lo spazio tra le pleure)[10], è una patologia per cui l'aria si accumula nel cavo pleurico, sottraendo spazio al

---

[9] *Taranto, morti sospette al Moscati*, cit.

[10] La pleura è la membrana sierosa che ricopre i polmoni. È formata da due foglietti, chiamati foglietti pleurici: uno, il foglietto pleurico parietale [...], riveste esternamente i polmoni e li divide dalla parete toracica; l'altro, il foglietto pleurico viscerale [...] aderisce alla superficie interna del polmone [...].

I due foglietti pleurici sono in contatto continuo tra loro: ad assicurare e favorire lo scorrimento dell'uno sull'altro ci pensa una sottile pellicola di liquido pleurico che si trova nello spazio compreso tra i due foglietti, la cui presenza è indispensabile per permettere ai polmoni di seguire i movimenti dei muscoli ai quali aderiscono durante la respirazione. I due foglietti delimitano una cavità virtuale, la cavità pleurica, che non comunica né con l'esterno né con altri organi e in cui si forma una pressione negativa che permette ai polmoni di espandersi durante l'inspirazione Fonte: [https://www.humanitas.it/enciclopedia/anatomia/apparato-respiratorio/pleura/].

polmone, con conseguente rischio di collasso polmonare[11]. I sintomi classici del pneumotorace sono il dolore toracico e la difficoltà respiratoria. Nell'intervista *Covid, ecco cosa succede ai pazienti in Terapia intensiva: il «manuale di sopravvivenza» per i familiari*[12], pubblicata sul "Corriere della Sera", il dottor Maurizio Cecconi, responsabile del Dipartimento Anestesia e Terapie intensive dell'Istituto Clinico Humanitas di Milano e presidente della *European Society of Intensive Care Medicine* (società scientifica che riunisce gli specialisti europei), risponde alla domanda della giornalista: «Quali sono le complicanze polmonari più frequenti in Terapia intensiva Covid?»[13].

> [...] Può verificarsi anche uno pneumotorace, che significa presenza di aria nello spazio pleurico (lo spazio tra le pleure, i foglietti che rivestono il polmone e la parete interna della gabbia toracica). Di solito lo pneumotorace deriva da una pleura fragile a causa della malattia. La pressione positiva generata dal ventilatore necessario a portare ossigeno nei polmoni può contribuire a iniziare o peggiorare uno pneumotorace[14].

---

[11] *Pneumotorace*, "Humatitas" [https://www.humanitas.it/malattie/pneumotorace/] (visitato il 12.07.2022).

[12] V. MARTINELLA, *Covid, ecco cosa succede ai pazienti in terapia intensiva: il "manuale di sopravvivenza" per i familiari*, "Corriere della Sera", 16.01.2021[https://www.corriere.it/salute/cardiologia/21_gennaio_16/Covid-ecco-cosa-succede-pazienti-terapia-intensiva-manuale-sopravvivenza-familiari-85e4bf86-55bc-11eb-892b-934e49c05b41.shtml].

[13] Ivi.

[14] Ivi.

Il dolore toracico denunciato da mio marito fin dal ricovero in Pneumologia (reparto teoricamente "ideale" per la diagnosi e il trattamento di uno pneumotorace), così come "l'inspiegabile" desaturazione, dunque, non sono causate da una presunta polmonite da Covid, ma da uno pneumotorace diagnosticato non solo con grande e inspiegabile ritardo, ma addirittura dopo un'intubazione inutile che, potenzialmente, ha peggiorato la sua condizione. Drenato il pneumotorace, Dario inizia a stare meglio. Il pneumotorace rientra e si riassorbe. Questo lascia supporre che se, come richiesto dal cardiologo, qualcuno avesse eseguito immediatamente una Tac, Dario non avrebbe avuto bisogno di essere ricoverato in Rianimazione né, tanto meno, di essere intubato.

A questo inconcepibile difetto di esami diagnostici si accompagna la mancata somministrazione di terapie che, se pur "sperimentali", sono previste nel trattamento dell'infezione da SARS-CoV-2. Anzitutto la terapia con plasma iperimmune. L'immunoterapia passiva con plasma raccolto da soggetti guariti, già stata utilizzata nel corso della epidemia di SARS nel 2002-2003 e di Ebola del 2014-2016[15], ha visto confermare il suo potenziale «Nel migliorare la prognosi dei pazienti Covid-19[16], già nel marzo del 2020. Farmaco "sperimentale" utilizzabile negli studi clinici in

---

[15] *Coronavirus, plasma con anticorpi: in Puglia si parte*, "Press Regione Puglia", 11.04.2020 [https://press.regione.puglia.it/-/corona virus-plasma-con-anticorpi-in-puglia-si-parte].

[16] AIFA, ISS, *Plasma da donatori guariti da COVID-19 come terapia precoce per pazienti con polmonite da SARS-CoV2: Studio multricentrico randomizzato controllato in aperto*, 18/05/2020 [https://www.senato.it/application/xmanager/projects/leg18/attachments/documento_evento_procedura_commissione/files/000/214/801/brusaferro_5.pdf].

modo compassionevole per trattare i pazienti con infezioni Covid-19, la terapia con il plasma è stata accolta di buon grado dal presidente della Regione, che afferma:

> In Puglia non lasciamo nulla di intentato: tutte le notizie scientifiche diffuse dalla comunità dei ricercatori vengono verificate e nel caso si iniziano le sperimentazioni, come sta avvenendo per l'utilizzo del plasma con gli anticorpi dei guariti[17].

Nonostante questo entusiasmo, nell'ospedale Moscati le richieste di somministrazione di plasma iperimmmune giacciono per giorni senza che qualcuno gli dia seguito.

Fin dall'ingresso di mio padre e di mio marito, ho richiesto esplicitamente e a più riprese che venisse tentata questa terapia, sentendomi rispondere da un medico che lui "non credeva nel plasma". Scetticismo che, invece, non sembrava serpeggiare nel reparto di Pneumologia, tanto che nella cartella clinica di Dario, al 5 marzo, viene documentata una richiesta di plasma iperimmune al servizio trasfusionale. Richiesta che, tuttavia, rimarrà nell'etere delle possibilità di cura mancate.

Nel caso di mio padre, invece, il plasma non è stato somministrato non per una mancanza di fiducia ma perché, come ha dichiarato una dottoressa, semplicemente non è disponibile. A nulla è servito che mio fratello e mio cugino si proponessero per la donazione di plasma (avendo contratto il Covid ed essendo guariti). In un'altra occasione mi è stato detto che mio padre era troppo vecchio

[17] *Coronavirus, plasma con anticorpi: in Puglia si parte*, cit.

per sottoporlo a questo trattamento, che non valeva la pena insistere più di tanto con le cure.

Tutto questo nonostante l'Asl di Taranto avesse aderito al protocollo della Regione Puglia il 2 dicembre 2020, nel quale veniva raccomandata la somministrazione di plasma iperimmune.

Lo stesso atteggiamento è stato riservato ai trattamenti con i farmaci monoclonali (quali il Tocilizumab), utilizzati in tutti gli ospedali italiani. Anche in questo caso, la richiesta di curare i miei cari con questa terapia *off-label* è stata inizialmente respinta e poi demandata a una valutazione successiva: "più in là e solo ad uso compassionevole". In punto di morte, insomma. Salvo poi scoprire che nel caso di ricoveri eccellenti, questi trattamenti terapeutici sono stati somministrati immediatamente, senza perdere tempo né scetticismo dogmatico. E non sto parlando del prof. Massimo Galli, ex primario di Malattie infettive dell'ospedale Sacco di Milano oggi in pensione, al quale è stato somministrata la cura con gli anticorpi monoclonali[18], ma di illustri pazienti *de Noantri*.

Perché questa disparità di trattamento? perché non curare i pazienti, anche i "non-vip", all'inizio della malattia, quando non è ancora evoluta nella sua forma grave, letale?

Anche queste domande rimangono, per ora, senza risposta.

La terapia con i monoclonali a mio marito è stata somministrata solamente l'undici marzo, a 8 giorni dal ricove-

---

[18] *Galli: curato per il Covid con gli anticorpi monoclonali visti i miei fattori di rischio*, "Gazzetta del Sud", 08.01.2022 [https://gazzettadelsud.it/articoli/cronaca/2022/01/08/galli-curato-per-il-Covid-con-gli-anticorpi-monoclonali-visti-i-miei-fattori-di-rischio-fd447aa0-c253-4670-ad08-5daa75c846ef/].

ro e a 4 dall'intubazione. A quel farmaco Dario, sebbene intubato, ha inizialmente risposto positivamente, tant'è che gli emogas hanno preso a migliorare in maniera significativa. A quel punto, però, sopraggiunge un arresto cardiaco. E la cartella clinica diventa confusa.

Il diario dei medici riporta un peggioramento dei parametri nella serata del 14 marzo, dopo la pronazione, effettuata alle ore 19,00. Al rigo successivo, alle ore 22:45, viene registrato un improvviso arresto cardiaco, con rianimazione alle ore 00:05, che diventano 23:05 grazie a una correzione a penna sovrapposta. Il diario infermieristico riporta invece che l'arresto cardiaco sia avvenuto alle ore 22:30, senza indicare i tempi di rianimazione del paziente. In realtà, dalla cartella clinica non si rileva quando sia occorso l'arresto cardiaco (alle 22:30? alle 22:45? alle 3 di notte?), né quando il personale sanitario se ne sia accorto (nell'immediatezza?) e nemmeno quanto tempo sia stato impiegato per la rianimazione. Quello che è certo è che dopo questo evento viene richiesta una consulenza cardiologica. Già, perché all'ospedale Moscati, non c'é un reparto di Cardiologia. È un ospedale Covid sprovvisto della cardiologia, con un reparto di Rianimazione nel quale non vi è la possibilità di praticare un elettrocardiogramma ai pazienti, né di tenere costantemente tale apparecchiatura attaccata per seguire l'evoluzione cardiaca.

La consulenza cardiologica accerta, a quanto sembra, uno scompenso. "A quanto sembra" perché questa evenienza ci è stata riferita a voce ma, in realtà, nella cartella clinica, non vi è nessun referto che la testimoni.

Superato l'arresto cardiaco, però, sopraggiunge qualcos'altro, che si manifesta con una febbre altissima, superiore ai 40°C.

ICA
INFEZIONI CORRELATE ALL'ASSISTENZA

Dario non ha mai avuto la febbre, fino a quel momento. Nel reparto di Rianimazione deve dunque essere intervento un'ulteriore infezione, responsabile di questa nuova condizione. Di che natura sia questa infezione non è dato sapere o, meglio, non è specificato nella cartella clinica. Si tratta di un'Ica (di un'infezione Correlata all'Assistenza)? di un'infezione associata al ventilatore? di una sepsi? e qual è il batterio responsabile?

Facciamo un passo indietro.

Nel mondo si assiste impotenti a una strage silenziosa, causata dalle Ica, le Infezioni Correlate all'Assistenza. Un'Ica viene definita come una:

> Infezione che si manifesta in un paziente in ospedale o in un'altra struttura sanitaria nel quale l'infezione non era presente né incubata al momento del ricovero. Questa definizione include le infezioni contratte in ospedale ma che si sviluppano dopo la dimissione, così come le infezioni del personale sanitario[1].

---

[1] E. BOUVET, *Risk for health professionals of infection with human*

L'Oms, parla delle Ica come di un: «Grave problema per la sicurezza dei pazienti»[2] sottolineando che: «Sebbene stime globali delle Ica non siano ancora disponibili, integrando i dati degli studi pubblicati, vi è una chiara evidenza che centinaia di milioni di pazienti sono affetti ogni anno in tutto il mondo da queste infezioni»[3]. Nella sola Europa, le Ica comportano ogni anno 16 milioni di giornate di degenza aggiuntive; causano direttamente la morte di 37.000 pazienti e sono concausa di 110.000 decessi. I soli costi diretti per la sanità sono calcolati in 7 miliardi di euro[4]. Questi sono dati del 2011 e sebbene non vi siano aggiornamenti, tutti gli studi indicano un trend in aumento.

A fare il quadro della situazione italiana è Walter Ricciardi che, nel corso della presentazione del *Rapporto Osserva salute* del 2018, dichiara:

---

immunodeficiency virus. Current knowledge and developments in preventive measures, "Médecine et Maladies Infectieuses", 1993, 23, pp. 28-33.

[2] OMS, *Report on the Burden of Endemic Health Care-Associated Infection Worldwide*, 2011 [http://apps.who.int/iris/bitstream/handle/10665/80135/9789241501507_eng.pdf;jsessionid=7D79F78E6301F9B48345864054B9DAAA?sequence=1].

[3] Ivi.

[4] MINISTERO DELLA SALUTE, portale malattie infettive, *Infezioni correlate all'assistenza: cosa sono e cosa fare*, ultimo aggiornamento 13 dicembre 2019 [http://www.salute.gov.it/portale/malattieInfettive/dettaglioContenutiMalattieInfettive.jsp?lingua=italiano&id=648&area=Malattie%20infettive&menu=ica#:~:text=Le%20infezioni%20correlate%20all'assistenza,lungodegenza%2C%20gli%20ambulatori%2C%20l']. B. ALLEGRANZI ET AL., *Burden of endemic health-care-associated infection in developing countries: systematic review and meta-analysis*, "The Lancet", 15.01.2011, 377(9761), pp. 228-41 [https://www.thelancet.com/journals/lancet/article/PIIS0140-6736(10)61458-4/fulltext].

> C'è una strage in corso, migliaia di persone muoiono ogni giorno per infezioni ospedaliere, ma il fenomeno viene sottovalutato, si è diffusa l'idea che si tratti di un fatto ineluttabile[5].

In Italia, infatti, si è passati dai 18.668 decessi del 2003 a 49.301 del 2016 causati dalle Ica. Da sola, l'Italia conta il 30% di tutte le morti per sepsi nei 28 Paesi dell'Unione Europea[6].

A peggiorare questo quadro già sufficientemente allarmante, è l'evidenza per la quale una percentuale significativa di queste infezioni sia causata da microrganismi antibiotico-resistenti. Nello studio *The fallacies of hope: will we discover new antibiotics to combatpathogenic bacteria in time?*viene segnalato come: «Nei paesi industrializzati, oltre la metà delle infezioni contratte in ospedale sono causate da microrganismi resistenti ai farmaci»[7]. Questi batteri resistenti: «Riducono drasticamente le possibilità di trattare efficacemente le infezioni e aumentano il rischio di complicazioni e di morte»[8].

---

[5] *Allarme rosso per infezioni prese in ospedale, 49 mila morti l'anno*, "Ansa", 15.05.2019 [https://www.ansa.it/canale_saluteebenessere/notizie/sanita/2019/05/15/allarme-rosso-infezioni-ospedaliere-49-mila-morti-lanno_41a0e9c5-8f5d-4373-acda-4f46014f9dd0.html].

[6] Ivi.

[7] M. Vicente et al., *The fallacies of hope: will we discover new antibiotics to combat pathogenic bacteria in time?*, "FEMS Microbiology Reviews", novembre 2006 [https://academic.oup.com/femsre/article/30/6/841/493453].

[8] E. Mossialos et al., *Policies and incentives for promoting innovation in antibiotic research*, "European Observatory on Health Systems and Policies", 2010, p. 15 [https://www.euro.who.int/__data/assets/pdf_file/0011/120143/E94241.pdf].

Riportiamo, per semplificare, un esempio concreto verificatosi in Puglia.

Dal sito "Diritto.it", alla pagina *Morte per infezione ospedaliera: l'ASL è tenuta a risarcire*[9], apprendiamo come il Tribunale di Taranto, con la sentenza n. 2241/2019, abbia condannato l'Asl di Taranto a risarcire i danni riportati dai congiunti di una paziente deceduta in seguito a un'infezione contratta in ospedale. La donna, a causa di una caduta casalinga, ha riportato un trauma facciale cervicale. Sottoposta a tre interventi, è deceduta in seguito a: «Un'infezione meningo-encefalica da Klebsiella Pneumoniae»[10]. Batterio:

> Di facile trasmissione nei luoghi ospedalieri caratterizzati da una non corretta sanificazione ambientale, da un'irregolare profilassi, ovvero da un "cedimento" della catena degli atti di prevenzione che devono essere posti in essere per scongiurare patogene contaminazioni[11].

Accertata la natura ospedaliera dell'infezione (per la presenza del un batterio Klebsiella nell'ospedale) la responsabilità viene imputata all'Ente: «Se non risulta provato da quest'ultimo l'osservanza delle comuni regole di diligenza e prudenza necessarie per scongiurare l'esito infausto»[12]. In questo caso, il giudice ha evidenziato come l'Asl non avesse dimostrato:

---

[9] [https://www.diritto.it/morte-per-infezione-ospedaliera-lasl-e-tenuta-a-risarcire/].

[10] Ivi.

[11] Ivi.

[12] Ivi.

> L'osservanza dei protocolli universalmente riconosciuti come efficaci per la prevenzione delle infezioni in ambiente ospedaliero, dalla quale soltanto può discendere la non riconducibilità della complicanza infettiva a condotte positivamente riferibili alla struttura sanitaria[13].

Per cui l'Asl di Taranto è stata condannata a risarcire con 800.000 € (oltre spese di lite) i congiunti della deceduta[14].

Semplificando e generalizzando: una volta dimostrato che un paziente è stato preso in cura dall'ospedale (allegata e provata l'esistenza del rapporto di cura), struttura nella quale ha contratto l'Infezione Correlata all'Assistenza che l'ha condotta alla morte (provato e allegato il danno e il nesso causale), allegata la colpa del medico (che non deve però essere provata), spetta alla struttura ospedaliera dimostrare che non vi siano cedimenti nella catena di prevenzione e che tutte le procedure messe in essere per scongiurare le contaminazioni siano state poste in essere. Ossia che la morte della paziente non sia imputabile alla struttura stessa.

Non sappiamo in quale ospedale questo caso specifico sia occorso. Certo è che, già nella primavera del 2020, fosse presente il batterio della Klebsiella all'interno del Moscati. Si legge ne "Il Tarantino e provincia":

> Taranto – Moscati: parte un'indagine su alcuni pazienti Covid deceduti. Infatti, sarebbe

[13] Ivi.

[14] Ivi.

emersa un'infezione batterica che non ha a che fare con il virus.
A dirlo sono i Pubblici Ministeri. Infatti, i Nas hanno sequestrato 3 cartelle cliniche di 3 pazienti, ai quali è stato riscontrato un batterio chiamato Klebsiella[15].

Dalla "Gazzetta del Mezzogiorno" del 5 maggio 2020:

> Nessun raffronto parallelo - nuovi contagi/tamponi - può però essere fatto sulla provincia di Taranto in quanto continua a rimanere ignoto il dato complessivo dei tamponi quotidianamente eseguiti nella nostra provincia. E che, invece, viene reso noto in altre province. E si comincia anche ad indagare sui decessi apparentemente legati alla pandemia in corso. La Procura della Repubblica avrebbe, infatti, fatto acquisire dal Nas almeno tre cartelle cliniche di altrettanti pazienti deceduti a seguito del coronavirus, ma nei quali sarebbe stata rinvenuta la presenza anche di un batterio come la Klebsiella ed altri a questo collegati, batteri in genere molto temuti in ambito ospedaliero e non solo. Insomma, aspetti che oltre a porre quesiti scientifici sulla correlazione tra questa tipologia di batteri e coronavirus, ha suscitato

---

[15] *Moscati: indagine su infezione batterio*, "Il Tarantino e provincia.it", 03.05.2020 [https://www.iltarantino.it/notizie/sanita/moscati-indagine-infezione-batterio/].

l'interesse della Procura che intende evidentemente vederci chiaro sull'intera vicenda[16].

La Klebsiella è un genere di batteri Gram negativi che appartiene alla famiglia delle Enterobacteriaceae. Come anticipato, le infezioni da Klebsiella vengono generalmente contratte in ambito ospedaliero, attraverso il contatto interpersonale (da paziente a paziente; da sanitario a paziente e viceversa; il veicolo di trasmissione più importante sono le mani) o con superfici contaminate (letto, lenzuola, maniglie, bagni etc.) e determinano polmoniti, batteriemia (infezione del sangue), meningite, infezioni delle vie urinarie o del sito chirurgico (che insorgono in prossimità delle ferite da chirurgia).

Lo *Studio di prevalenza italiano sulle Infezioni correlate all'assistenza e sull'uso di antibiotici negli ospedali per acuti(protocollo Ecdc)* condotto dall'Università di Torino nel 2016-17, che ha rilevato una prevalenza di pazienti con almeno un'infezione correlata all'assistenza in Italia pari l'8,03%[17], segnala come:

> Su 67 tipologie di patogeni identificati responsabili di ICA, *Escherichia coli* (13%), *Klebsiella pneumoniae* (10,4%), *Pseudomonas aeruginosa* (8,1%), *Staphylococcus aureus* (8,9%),

[16] "Gazzetta del Mezzogiorno", 01.05.2020.

[17] UNIVERSITÀ DEGLI STUDI DI TORINO, *Studio di prevalenza italiano sulle Infezioni correlate all'assistenza e sull'uso di antibiotici negli ospedali per acuti (protocollo ECDC)*, luglio 2018 [http://www.salute.gov.it/imgs/C_17_pubblicazioni_2791_allegato.pdf].

Staphylococcus epidermidis (6,3%) rappresentano più del 45% di tutti gli isolamenti[18].

Tra i principali patogeni presenti in Terapia intensiva, troviamo poi l'*Acinetobacter baumannii,* batterio molto spesso correlato alla Polmonite Associata al Ventilatore (Vap, *Ventilator-Associated Pneumonia*)[19]. La Vap è una delle infezioni più frequenti acquisite in Terapia intensiva ed è associata al prolungamento dell'ospedalizzazione e della permanenza in Terapia intensiva, a una durata prolungata della ventilazione meccanica. Comporta un aumento significativo della mortalità, nonché un incremento esponenziale dei costi sanitari:

> La mortalità grezza della polmonite nosocomiale può raggiungere il 70%. Diversi rapporti hanno stimato che da un terzo alla metà di tutti i decessi legati alla Vap sono il risultato diretto dell'infezione, con una maggiore mortalità nei casi causati da *Pseudomonas aeruginosa* e *Acinetobacter spp*. La mortalità attribuibile alla VAP è definita come la percentuale di decessi che non si sarebbero verificati in assenza dell'infezione[20].

---

[18] A. Torres – M. S. Niederman – J. Chastre – et al., *International ERS/ESICM/ESCMID/ALAT guidelines for the management of hospital-acquired pneumonia and ventilator-associated pneumonia,* "Eur Respir", giugno 2017 [https://doi.org/10.1183/13993003.00582-2017].

[19] Definita come l'infezione del parenchima polmonare acquisita, causata da agenti patogeni presenti in Terapia intensiva da pazienti esposti a ventilazione meccanica invasiva per almeno 48 ore, che rientra nelle polmoniti acquisite in ospedale (HAP, *Hospital-acquired pneumonia*).

[20] Ivi.

Segnaliamo ancora l'*Enterococcus faecalis*, batterio Gram-positivo che popola naturalmente l'apparato gastrointestinale umano. Questo rappresenta circa l'80% delle infezioni enterococciche nosocomiali.[21] Sebbene gli Enterococchi siano generalmente considerati a bassa virulenza, sono riconosciuti tra i batteri più importanti nelle Unità di Terapia intensiva: rappresentano il terzo patogeno più comunemente isolato nelle infezioni del flusso sanguigno e quello più comune nelle infezioni del sito chirurgico riportate dalle Unità di Terapia intensiva[22]. I fattori di rischio associati a questo patogeno sono: «L'ospedalizzazione prolungata, cateteri vascolari intracorporei, il pregresso uso di antibiotici e una compromissione immunitaria»[23] e comportano: «Una degenza in Terapia intensiva significativamente più lunga e a una tendenza a una mortalità più elevata»[24]. L'insorgenza di infezioni da Enterococcus si associa a batteriemia, endocardite, infezioni intra-addominali, della cute e, soprattutto, infezioni a carico delle vie

---

[21] D.B. HASLAM, *Enterococcus*, in *Malattie infettive*, parte XVI, cap. 185 [http://www.doctor33.it/cont/download-center-files/16780/infezioni-batteri-grampositivi-parte-x20227allp1.pdf].

[22] I. CHATTERJEE – J. R. IREDELL – M. WOODS – J. LIPMAN, *The implications of enterococci for the intensive care unit*, "Critical Care and Resuscitation", vol. 9, n. 1, marzo 2007 [https://cicm.org.au/cicm_media/cicmsite/cicm-website/resources/publications/ccr%20journal/previous%20editions/march%202007/14_2007_mar_rev-the-implications.pdf].

[23] D.B. HASLAM, *Enterococcus*, cit.

[24] V. MOSES – J. JAYAKUMAR – A. NAIR – ET AL., *Enterococcal Bacteremia is Associated with Prolonged Stay in the Medical Intensive Care Unit*, "Journal of Global Infectious Diseases", gennaio-marzo 2012, 4(1), pp. 26-30 [https://www.ncbi.nlm.nih.gov/pmc/articles/PMC3326954/].

urinarie[25]. Sebbene, tipicamente si presuma che la fonte di infezione enterococcia sia la flora indigena del paziente:

> [...] può verificarsi la diffusione diretta da persona a persona o da strumenti medici contaminati, particolarmente nei reparti di Neonatologia e nelle unità intensive. Gli studi hanno dimostrato l'importanza della diffusione nosocomiale come fonte di infezioni ospedaliere[26].

Le strategie preventive per le infezioni enterococciche dovrebbero comprendere:

> La rimozione precoce dei cateteri urinari ed endovenosi e lo sbrigliamento dei tessuti necrotici. Le strategie di controllo dell'infezione, compresi le culture di sorveglianza, la divisione in coorti di pazienti e personale e uno stretto isolamento mediante l'uso di camice e guanti, sono efficaci nel ridurre i tassi di colonizzazione da Vre. Tuttavia, questi microrganismi possono persistere su oggetti inanimati, per esempio sugli stetoscopi, complicando gli sforzi per limitarne la diffusione nosocomiale[27].

---

[25] L. M. BUSCH – M.T. VAZQUEZ-PERTEJO, *Infezioni da enterococchi*, "Manuale MSD", ultimo aggiornamento marzo 2021 [https://www.msdmanuals.com/it-it/professionale/malattie-infettive/cocchi-gram-positivi/infezioni-da-enterococchi].

[26] D.B. HASLAM, *Enterococcus*, cit.

[27] Ivi.

Senza voler esaurire l'ampio ventaglio di Infezioni Correlate all'Assistenza, vogliamo segnalare come gli ospedali, percepiti come luoghi sicuri di cura, possano trasformarsi in ambienti di contagio e diffusione di infezioni. E come la presenza, in ambito ospedaliero di Ica sia la prova di inadempienza o, peggio, della mancata applicazione dei protocolli di igiene e di prevenzione.

Alla luce di tutto questo, evidenziamo come il *Risk Management* dell'Asl Taranto, in data 1° settembre 2018, abbia prodotti il protocollo per la *Prevenzione e controllo della trasmissione di enterobatteri produttori di carbapenemasi*[28] che prevede specifiche responsabilità nell'esecuzione delle procedure, individuazione dei portatori di infezione e controllo della stessa. Diagnosi e misure di isolamento con collocazione del paziente infetto, interventi comportamentali degli operatori.

Ebbene, la positività di Giaquinto Leonardo alla Kleibsiella è del novembre 2020, questa evidenza non avrebbe dovuto far scattare gli interventi di cui al protocollo del marzo 2019?

Questo me lo chiedo ancor di più quando scopro la positività di mio padre Francesco alla Kleibsiella a marzo 2021. Scoprirò anche della positività alla Klebsiella di tanti pazienti poi deceduti fino almeno a maggio 2021. E mi chiedo se si fossero attuati i percorsi di prevenzione e controllo del protocollo questi pazienti avrebbero avuto possibilità di guarire? sarebbe stato diverso?

---

[28] ASL TARANTO, *Prevenzione e controllo della trasmissione di enterobatteri produttori di carbapenemasi*, 01.09.2018 [https://www.sanita.puglia.it/documents/36057/73497992/protocollo+carbapenemasi.pdf/8cc86605-5021-4dbb-a790-7ecd1977e49a].

NON DI SOLO COVID MUORE L'UOMO

Dario, due giorni prima del decesso, ha una temperatura corporea di 40°C che nessun farmaco riesce a far scendere. Per questo, come si apprende dalla cartella clinica, gli viene somministrato il Linezolid, antibiotico attivo contro i batteri Gram positivi.

Come si legge nella *Nota informativa importante concordata con le autorità regolatorie europee e l'Agenzia Italiana del Farmaco (AIFA)* del 5 marzo 2007, che riporta i *Risultati di uno studio clinico sulle infezioni del sangue da batteri gram-positivi catetere-correlate che hanno portato a una limitazione delle indicazioni relativamente al trattamento delle infezioni complicate della cute e dei tessuti molli:*

> • Linezolid deve essere utilizzato per il trattamento delle infezioni complicate della cute e dei tessuti molli solo quando i test microbiologici hanno accertato che l'infezione è causata da batteri Gram-positivi sensibili.
> • I pazienti con infezioni complicate della cute e dei tessuti molli, quando si sospetta o si ha la certezza che siano causate da coinfezioni con patogeni Gram-positivi e Gram-negativi, devono essere trattati con Linezolid solo quan-

do non sono disponibili altre alternative terapeutiche. In questi casi contemporaneamente devono essere iniziati trattamenti contro i patogeni Gram-negativi[1].

Nella nota viene specificato come il Linezolid: «Non è attivo nelle infezioni causate da batteri Gram-negativi» e che:

> [...] deve essere utilizzato per il trattamento delle infezioni complicate della cute e dei tessuti molli solo quando i test microbiologici hanno accertato che l'infezione è causata da batteri Gram-positivi sensibili. Inoltre, linezolid deve essere usato nei pazienti con infezioni complicate della cute e dei tessuti molli, quando si sospetta o si ha la certezza che siano causate da confezioni con patogeni Gram-positivi e Gram-negativi, solo se non sono disponibili altre alternative terapeutiche. In queste circostanze deve essere contemporaneamente iniziato un trattamento contro i patogeni Gram-negativi[2].

A Dario viene dunque dato un farmaco per la somministrazione del quale vengono specificatamente richiesti i test microbiologici. Dalla cartella clinica non emerge chi

---

[1] AIFA, *Nota informativa importante concordata con le autorità regolatorie europee e l'Agenzia Italiana del Farmaco (AIFA)*, 05.03.2007 [https://www.informazionisuifarmaci.it/allegati/Nota%20Informativa%20Linezolid.pdf].

[2] Ivi.

sia stato a decidere per questa terapia e, cosa ancora più grave, il primario di Infettivologia da me contattato, mi ha detto di non essere stato informato del sopraggiungere della febbre e di non aver dunque prescritto una cura.

Ma di che cosa sia successo a mio marito (e inseguito a mio padre) vengo informata solo in un secondo momento e grazie a una "manina" sconosciuta.

Dopo il loro decesso ho fatto immediatamente richiesta alla struttura ospedaliera delle cartelle cliniche. Queste mi sono state inspiegabilmente ma opportunamente "sguarnite" degli esami clinici che hanno rilevato la presenza di Infezioni Correlate all'Assistenza.

La cartella di mio marito mi è stata consegnata in copia conforme di 192 pagine numerate e timbrate dall'Ufficio cartelle cliniche dell'ospedale San. G. Moscati e sottoscritta dal direttore sanitario.

La cartella di mio padre mi è stata consegnata in copia conforme di n. 220 pagine numerate e timbrate dall'Ufficio cartelle cliniche dell'ospedale San. G. Moscati e sottoscritta dal direttore sanitario.

Tuttavia, il 6 luglio del 2021, rientrando a casa la sera, ho trovato nella buca delle lettere una busta anonima, contenente gli esami microbiologici riferibili a Dario e a mio padre. Non avevo mai visto, fino a quel momento, questi referti dai quali emerge la loro positività a batteri "killer". Nel reparto di Rianimazione del Moscati di Taranto, mio marito è risultato positivo all'*Enterococcus faecalis* (Gram positivo) e al *Burkholderia gladioli* (Gram negativo) mentre mio padre alla *Klebsiella pneumoniae* (Gram negativo) e all'*Acinetobacter baumannii* (Gram negativo). Tutti antibiotico-resistenti.

Per verificare se i referti degli esami consegnatemi in modo tanto singolare siano o meno veritieri, inoltro una seconda istanza di accesso all'Ufficio delle cartelle cliniche del Moscati e, come per miracolo, gli esami si materializzano dal nulla.

È così che riesco a ricostruire gli ultimi giorni di vita di mio marito e di mio padre.

Su mio marito, il Linezolid non sortisce nessun effetto e nessuna altra terapia mirata viene tentata. Dario Maniglia, ricoverato presso l'ospedale Moscati di Taranto in via precauzionale il 3 marzo del 2021, muore nel reparto di rianimazione del suddetto ospedale il 16 dello stesso mese. Ha 56 anni.

Mio padre, Francesco Coletta, viene ricoverato presso il Moscati di Taranto il 3 marzo. Papà mi scrive spesso via Whatsapp. Si lamenta del fatto che il personale sanitario non passi mai da lui. Che passa ore a chiedere un po' d'acqua ma nessuno gli dà retta. Che i medici non lo visitano. A suo dire, il personale del reparto infettivi non sa cosa fare e, a tutti gli effetti, non fa nulla. Il 5 le condizioni precipitano e viene trasferito in Pneumologia. Viene attaccato alla Cpap. Solo due giorni dopo inizia la terapia con il farmaco generico Remdesivir, che dura solo un giorno. Dalla cartella clinica emerge che «Il paziente è grave», che «Il paziente è molto critico», che «Il paziente è sofferente». Si susseguono le consulenze rianimatorie, i valori dell'emogas sono completamente sballati ma non viene disposto il ricovero in Rianimazione. Il 10 mio padre mi chiama: «Mi stanno trasferendo in Terapia intensiva». Riesco solo a dirgli di farsi forza. Sono le ultime parole che gli dirò.

Da quel momento viene meno ogni comunicazione diretta con lui perché, come scoprirò solo alcuni giorni dopo, è stato intubato. Un infermiere mi dice, di straforo, che la terapia con il Remdesivir è stata sospesa e che papà è troppo anziano (chissà se si riferiva ai suoi reali 74 anni o agli 84 che gli sono stati attribuiti in Pneumologia) per poter accedere alle terapie sperimentali. I suoi valori ematici subiscono un peggioramento repentino. I globuli bianchi schizzano da un valore di 11,97 (del 14 marzo) al 31,02 (del 16 marzo). Segno di un'infezione in corso. Si dispone un'urinocoltura e, come nel caso di mio marito, viene prescritto il Linezolid. Come abbiamo letto nella nota dell'Aifa citata all'inizio del capitolo, questo antibiotico è attivo esclusivamente sui batteri Gram positivi. Mio padre, come risulta dai referti, è però positivo alla *Klebsiella pneumoniae* e all'*Acinetobacter baumannii*, entrambi microrganismi Gram negativi. La terapia non funziona, non può funzionare.

Il 18 marzo, durante la funzione funebre di mio marito, mia sorella riceve una chiamata: papà se n'è andato. Ha 74 anni.

OCCASIONE DI VERIFICA TERZA

Per il direttore generale dell'Asl, Stefano Rossi, le denunce per *malpractice* depositate dai parenti delle vittime del Moscati, sono: «Un'occasione di verifica terza»[1]. Dispiaciuto, invece, si dice il direttore per quelle che definisce: «Posizioni un po' sguaiate, con una raccolta di firme che avevano il Moscati come oggetto e come bersaglio»[2]. Dispiacere che si è tradotto in una pioggia di denunce verso di noi, che cerchiamo la verità su ciò che è accaduto in quell'ospedale.

Riassumiamo.

In seguito alle anomalie registrate nella gestione della seconda e terza fase dell'emergenza Covid, numerosi parenti delle persone defunte all'interno dell'ospedale Moscati sporgono denuncia. Non solo. Dopo aver appreso dai programmi di approfondimento giornalistico di quello che è accaduto all'interno della struttura ospedaliera tarantina, a febbraio 2021, Fratelli d'Italia presenta una proposta di legge, primo firmatario il consigliere regionale Renato Perrini, per l'istituzione di una Commissione d'inchie-

[1] *Taranto, morti sospette al Moscati*, cit.

[2] Ivi.

sta sulle morti per Covid al Moscati di Taranto[3]. Spiega Perrini:

> Nessun intento di volersi sostituire alla magistratura. Anzi, a ciascuno il suo ruolo e la prerogativa del consigliere regionale è proprio cercare e analizzare quello che la Regione non ha saputo attuare sul piano amministrativo, per cercare di migliorare il sistema nell'interesse dei pugliesi. Questo è lo scopo della proposta di legge con la quale – insieme a tutto il gruppo di Fratelli d'Italia – ho chiesto di far luce sulle morti Covid al Moscati di Taranto. Con una premessa chiara: i disservizi accaduti o ipotizzati io non li ho appresi sui giornali o guardando servizi giornalistici, ma li ho visti e constatati di persona. Tuttavia intendo ribadire che la commissione d'inchiesta non intende essere uno strumento punitivo, soprattutto nei confronti degli operatori sanitari che hanno dato e danno il massimo nelle condizioni date. Ma occorre fare chiarezza anche sulle vicende opache che sono diventate cronache nazionali: dai pazienti ricoverati nelle tende a un'organizzazione, anche dei loro effetti personali, che qualche risposta ai tanti dubbi

---

[3] *Fratelli d'Italia chiede una commissione d'inchiesta per far luce sulle morti sospette per Covid all'ospedale Moscati di Taranto*, "Puglia Notizie - Consiglio Regionale della Puglia", n. 540 del 10/02/2021 [https://www.consiglio.puglia.it/-/fratelli-d-italia-chiede-una-commissione-d-inchiesta-per-far-luce-sulle-morti-sospette-per-Covid-all-ospedale-moscati-di-taranto].

sollevati la merita. E proprio per questo, non possiamo permettere a niente e nessuno di appannare e sporcare l'impegno, il coraggio, l'abnegazione di tanti.
E sono stati altrettanto allarmanti i casi di morti sospette, che vanno accertati perché lo dobbiamo a quelle persone e ai loro familiari, ed il nostro compito è contribuire, per quanto possibile e nelle nostre competenze, a fare piena luce su quanto è accaduto e accade, senza nascondere nulla sotto al tappeto, compresa la sparizione di effetti e preziosi dei pazienti.
Ecco le ragioni di questa proposta di legge, il cui spirito è stato ben compreso dal collega della Lega, Giacomo Conserva, meno dai colleghi tarantini Vincenzo De Gregorio e Marco Galante. Per questo spero che l'audizione dell'assessore alla sanità Lopalco, oggi assente, possa fornirmi l'occasione per spiegare meglio il senso di una proposta che parte da fatti e non da bufale. Fatti che i consiglieri regionali tarantini non possono ignorare, a meno che "l'emilianite"[4] non li abbia resi ciechi e sordi[5].

---

[4] Il riferimento è a Michele Emiliano, magistrato in aspettativa, eletto nel settembre del 2020 Presidente Regione Puglia per il secondo mandato consecutivo (con la coalizione del centro sinistra) Fonte: [https://www.regione.puglia.it/presidente].

[5] *Morti Covid al Moscati, Perrini (FdI): la commissione d'inchiesta serve a non commettere più gli errori amministrativi fatti*, "Puglia Notizie - Consiglio Regionale della Puglia", n. 1833 del 10/05/2021 [https://www.consiglio.puglia.it/-/morti-Covid-al-moscati-perrini-fdi-la-commissione-d-inchiesta-serve-a-non-commettere-più-gli-errori-amministrativi-fatti].

La Commissione, come si legge nel documento persegue i seguenti fini:

- Indagare e fare chiarezza sulle vicende che hanno riguardato 30 pazienti deceduti per complicazioni legate al Covid-19 nell'ospedale San Giuseppe Moscati di Taranto, in particolare nel periodo che va da settembre a dicembre 2020, e sulle gravissime accuse lanciate dai loro familiari, che vanno dalla disumanità nell'assistenza e nelle cure, al furto di oggetti personali come smartphone, collane e anelli, alla disorganizzazione emersa nell'affrontare e gestire la seconda ondata della pandemia, nonostante fosse stata largamente prevista;
- Accertare le responsabilità, a ogni livello, nelle scelte che hanno portato a prestare assistenza e cure ai pazienti risultati positivi al Covid-19 e arrivati in ospedale già con gravi complicazioni in ambienti e strutture improvvisate come tende e container, esponendo i pazienti e il personale sanitario e parasanitario preposto a ulteriori rischi e disagi, secondo le denunce rilanciate e documentate attraverso i media;
- Garantire piena e doverosa trasparenza su queste vicende, per rispetto del personale che opera nell'ospedale San Giuseppe Moscati e che ha il presidio come riferimento, della comunità tutta e della stessa sanità pubblica regionale, chiamata a garantire efficienza anche e soprattutto in questa delicatissima fase, con

la pandemia ancora dilagante e il Piano di vaccinazioni che procede a rilento[6].

Il 31 maggio, dopo una seduta di quasi due ore, il Consiglio regionale della Puglia respinge con 23 voti contrari, 16 a favore e due astenuti la proposta di legge[7]. Commenta il comitato di Fratelli d'Italia in Consiglio regionale:

> Eravamo convinti [...] che i colleghi avessero compreso il senso della proposta di legge di istituzione di una commissione di indagine sulla gestione Covid in Puglia: dai presupposti con cui si era partiti il 28 febbraio, quando insieme in Commissione, maggioranza e opposizione, avevano ritenuto opportuno portare in consiglio la PdL, ci siamo trovati invece oggi davanti ad assurdi dietrofront argomentati in maniera confusa e che, a voler pensare male, avevano il sapore di una tirata d'orecchi ricevuta dall'alto [...] Quindi [...] la maggioranza nel consiglio regionale della Puglia,

---

[6] FRATELLI D'ITALIA - GRUPPO CONSIGLIARE REGIONE PUGLIA, *Relazione illustrativa per l'istituzione di una Commissione di studio e d'Inchiesta regionale per presunti casi di morti sospette legate al Covid-19 all'Ospedale San Giuseppe Moscati di Taranto, ai sensi dell'art. 31 dello Statuto della Regione Puglia*, 15.02.2021 [https://giac.consiglio.puglia.it/web/files/view/913].

[7] *Covid, alla Regione Puglia non ci sarà la commissione d'inchiesta. Bocciata la proposta di legge*, "La Repubblica di Bari", 31.03.2021 [https://bari.repubblica.it/cronaca/2022/05/31/news/Covid_alla_regione_puglia_non_sara_commissione_dinchiesta_bocciata_la_proposta_di_legge_fdi-352007891/].

> regione che ha registrato il maggior tasso di mortalità specifica per Covid e seconda solo alla Lombardia, non ha interesse a valutare in che modo la struttura Covid ha operato, neppure per assumere elementi utili a prevenire un'eventuale recrudescenza della pandemia o ad apportare qualche miglioramento nell'affrontare questo tipo di malattie[8].

Venuta meno la fiducia nelle Istituzioni (dovuta l'inattesa bocciatura del Consiglio regionale), per far luce sulla gestione della degenza dei nostri cari, deceduti nei mesi scorsi presso l'ospedale San Giuseppe Moscati, ci siamo visti costretti a metterci in gioco.

Così, nel giugno del 2021, è stato istituito il *Comitato Verità e Giustizia vittime Covid Moscati,* del quale sono vice-presidente.

Tiziano Ricci, presidente del Comitato, dichiara alla conferenza di presentazione del Comitato: «Questa organismo nasce dal confronto tra le nostre storie; ciascuno di noi, infatti, ha riscontrato delle anomalie nella morte dei propri congiunti […] alcuni medici legali dell'Emilia Romagna, da noi interpellati sull'argomento, hanno confermato i nostri timori, aumentando la nostra sofferenza»[9]. Spiega il rappresentante legale del Comitato: «Lo scopo del Comitato non è persecutorio, pertanto i suoi membri non vogliono essere strumentalizzati a livello politico; non

---

[8] Ivi.

[9] M. Paletta, *A Taranto nasce il "Comitato Verità e Giustizia vittime Covid"*, "Corriere di Taranto", 24.06.2021 [https://www.corrieredita ranto.it/2021/06/24/taranto-nasce-il-comitato-verita-e-giustizia-vitti me-Covid-moscati-per-non-dimenticare2/].

cercano un capro espiatorio e non vogliono monetizzare il loro dolore: chiedono solo di far luce su quello che è successo [...] Comprensibilmente molti di loro preferirebbero sapere che non ci sono responsabilità altrui nella morte dei propri cari e che il destino ha semplicemente seguito il suo corso. Ma, se dovessimo appurare che tali anomalie hanno determinato il decesso di queste persone, andremo fino in fondo: ci aspetta un percorso lungo e complicato»[10].

Sottolineando che questo Comitato non vuole porsi in contrasto con le Istituzioni né con la magistratura, ma come organismo di supporto nella ricerca della Verità e della Giustizia, abbiamo manifestato i dubbi e le perplessità sulla gestione dell'emergenza Covid nell'ospedale Moscati. Domande alle quali vorremmo che qualcuno ci rispondesse in modo chiaro ed esaustivo.

- Perché l'ospedale Moscati non era pronto ad accogliere i pazienti Covid, che sono stati ricoverati nelle tende del 118 e affidati al personale non qualificato e carenza di medicinali, a otto mesi dall'inizio della pandemia?
- Perché parte del personale presente nel reparto di Rianimazione è stato reclutato tra neo-assunti e non qualificati, invece di utilizzare altro personale di reparti a regime ridotto?
- Perché al Moscati veniva inizialmente somministrato solo l'ossigeno e, solo in pochissimi casi, si è fatto ricorso alle terapie sperimentali?
- Perché non veniva effettuata a tutti i ricoverati Covid la Tac, strumento diagnostico

[10] Ivi.

fondamentale per comprendere l'estensione di un'eventuale polmonite da coronavirus e, di conseguenza, poter somministrare i medicinali adeguati?

• Perché, nonostante vi fosse la consapevolezza da parte del personale sanitario e della dirigenza della presenza di patogeni in grado di causare Infezioni Correlate all'Assistenza all'interno del reparto di Rianimazione, non sono stati attuati i protocolli per prevenire e debellare queste infezioni?

• Perché non vengono diffusi i dati ufficiali dei decessi avvenuti nel reparto di Terapia intensiva, basati sul numero di pazienti ricoverati anziché sul numero dei positivi dell'intero territorio tarantino?

Il Comitato conta, ad ora, una trentina di famiglie: sono molte le persone che ci contattano ma in troppi tra coloro che cercano la verità, hanno paura. Hanno paura delle ripercussioni che l'esporsi potrebbe procurargli da parte delle Istituzioni locali. Infatti non sono poche le denunce che abbiamo ricevuto dopo aver lanciato la petizione "Giustizia per Taranto! Stop alle centinaia di morti al Moscati"[11] che, ad oggi, solo su Change.org[12] ha raccolto 7.241 firme[13].

---

[11] *Giustizia per Taranto! Stop alle centinaia di morti al Moscati* [https://www.change.org/p/pres-michele-emiliano-giustizia-per-taranto-stop-alle-centinaia-di-morti-al-moscati].

[12] Change.org.

[13] Il 22 luglio 2022.

"Stop alle morti al Moscati", perché ancora oggi si continua a morire e siamo certi che solo un'indagine seria possa non solo di restituire credibilità alle Istituzioni, ma anche fiducia alla sanità tarantina e alla sanità Italiana tutta.

Speriamo che questa volta sullo: «"Stile" Asl nel rapporto con i sindacati e la cittadinanza, negare l'ovvio o ignorare del tutti i problemi e non rispondere»[14] denunciato dall'Anaao-Assomed, possa prevalere il buonsenso e il buongusto di aprirsi a un confronto.

---

[14] Comunicato Stampa Anaao-Assomed Taranto, 16.08.2020.

GIUSTIZIA PER TARANTO! STOP ALLE CENTINAIA DI MORTI AL MOSCATI

I pazienti *non* sono numeri: sono papà, mamme, sorelle, fratelli, figli, nonni, ma prima di tutto sono persone. Io e la mia famiglia non potremo mai più riabbracciare i nostri cari, ma possiamo far si che tutto questo smetta, affinché nessuna famiglia venga distrutta da un sistema che non cura i pazienti. È facile mascherarsi dietro il Covid, ma al Moscati la gente *non* muore di Covid, ma muore perché abbandonata a se stessa, senza cure, l'unica cura che viene data, oltre la terapia standard, è l'ossigeno. Non è giusto che la gente continui a morire e nessuno faccia niente. La gente di Taranto ha paura di andare in ospedale, perché il Moscati uccide i pazienti, non li salva, non li guarisce, non li cura, attende solo la loro morte.

Noi abbiamo la "Variante Taranto" , ovvero la morte certa al Moscati.

Tutto questo deve finire! Firma questa petizione, così che finalmente possiamo essere ascoltati, così da avere giustizia per tutti coloro che sono morti in quella trappola mascherata da ospedale, ma soprattutto per evitare che altre persone soffrano e muoiano così![1].

---

1 [https://www.change.org/p/pres-michele-emiliano-giustizia-per-taranto-stop-alle-centinaia-di-morti-al-moscati].

CARTA EUROPEA DEL 2002 DEI DIRITTI DEL MALATO

A chiusura di questo libro, sottolineo che quanto accaduto non possa derubricarsi a:

> […] limitatezza delle conoscenze scientifiche al momento del fatto sulle patologie da SARS-CoV-2 e sulle terapie appropriate;
> […] scarsità delle risorse umane e materiali concretamente disponibili in relazione al numero dei casi da trattare;
> […] del minor grado di esperienza e conoscenze tecniche possedute dal personale non specializzato impiegato per far fronte all'emergenza[1];

ovvero a quanto stabilito nell'Art. 3bis del Decreto Legge 44/2021 (Scudo penale a favore dei sanitari)[2].

---

[1] Si veda C. PUPELLI, *Una proposta di riforma della responsabilità penale degli operatori sanitari (art. 590-sexies c.p.)* [https://www.camera.it/application/xmanager/projects/leg18/attachments/upload_file_doc_acquisiti/pdfs/000/007/751/05._Prof._Cupelli_11_07_2022.pdf].

[2] Gazzetta Ufficiale del 31 maggio 2021, n. 128. Legge n. 76/2021

Questo libro testimonia quanto avvenuto nella cosiddetta II e III ondata. Quando sono stati assunti decine di infermieri, medici, Oss; sono state acquistate e poste in funzione apparecchiature elettromedicali di ultima generazione; quando le farmacie sono approvvigionate di farmaci antivirali, monoclonali e il servizio trasfusionale è pronto per il plasma iperimmune. Quando sono profusi fondi per la "guerra" al Covid.

Tutto solo ed esclusivamente per affrontare il Covid-19, finanche trascurando tutte le altre patologie gravi. Ebbene con tutto questo arsenale a disposizione, davanti al singolo paziente il medico doveva decidere: fare la tac? Quale terapia seguire? somministrare i monoclonali? somministrare il plasma? In merito: perché a qualcuno sì e alla maggior parte no. Questo è il discrimine che regola le responsabilità. Troppo semplice dire il "Covid-19 fa morire".

Senza dimenticare che si trattava di persone inermi. Di persone prima di tutto. Persone malate che avevano diritto di essere assistite e curate con premura e attenzione, nel rispetto della dignità umana e delle proprie convinzioni etiche, morali, filosofiche e religiose. Diritto a essere individuate con il proprio nome e cognome. Persone con delle famiglie. Lo ripetiamo e continueremo a ripeterlo, perché se fossero state viste in quanto persone, sarebbero state assistite e curate diversamente.

Ricordiamo, da ultimo, che nella *Carta Europea del 2002 dei diritti del malato* si enumerano:

---

di conversione, con modificazioni, del decreto legge 1° aprile 2021, n. 44 recante: *Misure urgenti per il contenimento dell'epidemia da COVID-19, in materia di vaccinazioni anti SARS-CoV-2, di giustizia e di concorsi pubblici.*

1. **Diritto a misure preventive:** *ogni individuo ha diritto a servizi appropriati per prevenire la malattia;*
2. **Diritto all'accesso:** *ogni individuo ha il diritto di accedere ai servizi sanitari che il suo stato di salute richiede. I servizi sanitari devono garantire eguale accesso a ognuno, senza discriminazioni sulla base delle risorse finanziarie, del luogo di residenza, del tipo di malattia o del momento di accesso al servizio;*
3. **Diritto all'informazione:** *ogni individuo ha il diritto di accedere a tutte le informazioni che riguardano il suo stato di salute, i servizi sanitari e il modo in cui utilizzarli, nonché a tutte quelle informazioni che la ricerca scientifica e l'innovazione tecnologica rendono disponibili;*
4. **Diritto al consenso:** *ogni individuo ha il diritto di accedere a tutte le informazioni che possono metterlo in grado di partecipare attivamente alle decisioni che riguardano la sua salute. Queste informazioni sono un prerequisito per ogni procedura e trattamento, ivi compresa la partecipazione alle sperimentazioni;*
5. **Diritto alla libera scelta:** *ogni individuo ha il diritto di scegliere liberamente tra:*
6. **Diritto alla privacy e alla confidenzialità:** *Ogni individuo ha il diritto alla confidenzialità delle informazioni di carattere personale, incluse quelle che riguardano il suo stato di salute e le possibili procedure diagnostiche o terapeutiche, così come ha diritto alla protezione della sua privacy durante l'attuazione di esami diagnostici, visite specialistiche e trattamenti medico- chirurgici in generale;*
7. **Diritto al rispetto del tempo dei pazienti:** *ogni individuo ha diritto a ricevere i necessari tratta- menti sanitari in tempi brevi e predeterminati. Questo diritto si applica a ogni fase del trattamento;*

8. **Diritto al rispetto di standard di qualità:** *ogni individuo ha il diritto di accedere a servizi sanitari di alta qualità, sulla base della definizione e del rispetto di standard ben precisi;*
9. **Diritto alla sicurezza:** *ogni individuo ha il diritto di non subire danni derivanti dal cattivo funzionamento dei servizi sanitari o da errori medici e ha il diritto di accedere a servizi e trattamenti sanitari che garantiscano elevati standard di sicurezza;*
10. **Diritto all'innovazione:** *ogni individuo ha il diritto di accedere a procedure innovative, incluse quelle diagnostiche, in linea con gli standard internazionali e indipendentemente da considerazioni economiche o finanziarie;*
11. **Diritto a evitare le sofferenze e il dolore non necessari:** *ogni individuo ha il diritto di evitare quanta più sofferenza possibile, in ogni fase della sua malattia;*
12. **Diritto a un trattamento personalizzato:** *ogni individuo ha il diritto a programmi diagnostici o terapeutici il più possibile adatti alle sue esigenze personali;*
13. **Diritto al reclamo:** *ogni individuo ha il diritto di reclamare ogni qualvolta abbia subito un danno e di ricevere una risposta;*
14. **Diritto al risarcimento:** *ogni individuo ha il diritto di ricevere un risarcimento adeguato, in tempi ragionevolmente brevi, ogni qualvolta abbia subito un danno fisico, morale o psicologico causato dai servizi sanitari*[3].

Lo ricordiamo, perché nel corso della gestione della pandemia da Covid-19, in troppi se ne sono dimenticati.

---

[3] *Carta Europea del 2002 dei diritti del malato*, "Active citizenship network" [https://www.cittadinanzattiva.it/multimedia/import/files/corporate/europa/carta/carta_europea_diritti_malato.pdf].

Ciao Dario. Ciao Amore mio.

Questo vorrei ancora dirti, insieme a tutto quello che, non sapendo che non ti avrei mai più rivisto, non ti ho detto.

Il tuo è un ricovero precauzionale e quindi, ingenuamente, penso che tu sia in mani sicure. Per questo ti lascio uscire dalla nostra casa.

Quella casa dove vorrei tornare, almeno per una sola volta, e trovarti. E poter piangere sul tuo petto tutto quello che ho dentro e dirti tutto quello che sento. Quello che non ti ho detto, perché mi sembrava che non ci fosse niente da dire quando c'eri, perché c'era tutto. Ma adesso che non ci sono i nostri sguardi, che non ci sono gli abbracci, le risate e le battute che ci piaceva farci addosso, adesso che mi mancano quei nostri momenti di silenzio che valevano più di mille parole… adesso che non c'è più la nostra meravigliosa normalità, mi rendo conto di quante cose ho ancora da dirti.

Ninni mio, come ti chiamavo quando ancora giovani sposi, ti dissi che era presto per i figli e che tu dovevi essere per sempre il mio Ninni.

È una spaventosa follia quello che ci è accaduto.

Sento il peso di essermi fidata di chi ti doveva curare e non lo ha fatto, di non aver lottato abbastanza per riportarti a casa, di non essermi imposta per farti fare la Tac, di non aver gridato perché ti curassero invece di gonfiarti i polmoni con l'ossigeno, fino a spaccarli.

È con questo peso che vivrò il resto della vita che mi separa dal ricongiungermi con te.

Ho accumulato tante cose. Tanta mancanza, un'infinita tristezza, troppe parole, un mare di cose da dirti…

Ogni giorno cerco di ricordare il tuo viso, il tuo profumo e mi risuonano nella mente le tue ultime parole sull'uscio di casa: «Ele fagliela pagare. A tutti. Ele non mollare mai».

Tu hai visto sempre un po' più in là. Per questo a luglio, quando il Covid era lontano da noi, hai scritto su un foglio che hai chiuso in cassaforte: «Sei la persona che ho amato di più al mondo. Occhio alle Ninne. Te le affido». Eh sì… le Ninne sono poi arrivate a completare il nostro amore e tu le amavi come solo tu sapevi fare. Viziandole, viziandoci e vivendo solo per renderci felici.

È questa grande responsabilità che mi ha dato, che non mi fa mollare.

Qualcuno dice che sono forte (o come dicevi tu: «Ele a te chi ti spezza? Sei una roccia») ma ho capito che non è forza ma mancanza di alternative. È solo prendere consapevolezza del fatto che tu non ci sei più.

Ma questo diventa ancora più difficile per l'ingiustizia che hai subito in quell'ospedale dove tutto è scollato, senza attenzione. Dove la sciatteria e l'approssimazione governano ogni processo. Sei stato trattato come un numero e i numeri non hanno valore (se non per il contributo governativo Covid) e quindi a nessuno è interessato di te, Dario, persona speciale, marito meraviglioso, padre amorevole.

Alle 11:30 del 5 marzo mi hai chiamato dalla pneumologia: «Ele mi sento meglio». Ma alle 13:00, inspiegabilmente, sei in Rianimazione, sveglio, vigile, collaborativo (così dice il diario clinico). Ti hanno mandato lì a morire perché nessuno ha voluto eseguire una Tac, che avrebbe appurato che l'ossigeno smisurato e mal gestito che ti hanno sparato nei polmoni ti ha provocato un pneumotorace. Ma a loro non importa capire perché tu non respiri bene. Per loro tutto è "Covid". Per loro sei un numero. E quindi altro ossigeno inutile, killer, che ti ha spaccato il polmone.

«Lo abbiamo intubato e non capiamo perché non respira», questo mi dicono. Dopo due giorni in Rianimazione fanno i Raggi X (e non la Tac! Ma perché al Moscati c'erano 2 Tac nuove mai usate, perché non farla ai pazienti??) e così hanno visto il pneumotorace. Ma è troppo tardi.

Sei già intubato e, al Moscati di Taranto, in quel reparto che è il canale terminale, l'intubazione è la via di non ritorno. E per loro, per "gli eroi" (sic!) un parafulmine. È così. In Rianimazione sono morti tutti a prescindere dal perché ci siano capitati, comunque catalogati morti Covid, comunque tutti con lo stesso infame, incontrovertibile destino: *canale terminale*.

Ti chiedo scusa Ninni per non aver capito di averti spinto tra le fauci dei lupi. Mi dicevi sempre che sapevo proteggere la nostra famiglia ma, questa volta, la più importante, non ci sono riuscita. E senza di te la nostra famiglia è spezzata, ferita, arrabbiata, colma di un dolore infinito.

Quello che mi fa più rabbia è la consapevolezza che non doveva andare così. Se i medici che per vocazione dovrebbero curare, avessero visto in te non un numero, ma una persona, beh Ninni, tu saresti ancora con noi. Ne sono certa. Se nel letto di quell'ospedale infernale al tuo posto ci fosse stato il fratello, il padre, il marito, la moglie di quelli che inopinatamente chiamano "eroi" i loro occhi avrebbero avuto uno sguardo compassionevole, ti avrebbero curato, ti avrebbero fatto la Tac, ti avrebbero assistito. Ma non eri il padre, né il fratello, né la moglie, né il marito di qualcuno di loro. Potevi morire, dovevi morire. Perché è così che va il Covid. A meno che tu non sia un loro parente. Perché in questo caso si cura con il plasma e i monoclonali. In questo caso le persone si salvano. Mi chiedo perché.

La mia vita continuerà con questi mille perché.

Perché non ho gridato, spaccando tutto per riportarti a casa? Perché ho lasciato che ti portassero in quell'inferno? Perché ho lasciato che ti mandassero in rianimazione? Perché non ho insistito con la cura con le monoclonali? Perché non li ho fermati quando ti hanno intubato? Perché?

Questi perché, questo dolore staranno con me per sempre. Non auguro il male a nessuno. Solo che il tuo volto e quello delle altre mille vittime del Moscati possano accompagnare ogni giorno chi doveva curare e non lo ha fatto.

Quanto a me, Amore mio, non mollo sino a che la verità non verrà fuori. Ed anche se non ti ho potuto salutare, stringere, ti sento addosso ogni istante e stranamente a te mi appoggio, la sera, in silenzio, perché le ragazze non se ne accorgano, e piango sul tuo petto, pensando a tutto quello che senza di te è cambiato, a tutto quello che senza di te è andato perso, a tutto quello che non vedremo insieme, le nostre figlie di cui eri così fiero, realizzarsi.

Quel nostro futuro ordinario che speravamo di vivere insieme e che "gli eroi" ci hanno portato via.

POSTFAZIONE

di Bernardo Cervellera

L'inferno esiste. Queste pagine che trasudano di dolore inconsolabile e di ingiuste umiliazioni ne sono la prova. Perché l'inferno non è l'immagine infantile delle fiamme e dei forconi, e di Satana con le corna e i piedi di capra, ma è la distruzione di ogni speranza, l'assenza di ogni sussulto di bene. E queste pagine mostrano con inesorabile precisione il rovinare della malattia fino alla morte, l'incuria di chi dovrebbe avere a cuore la salute dei pazienti, l'assenza forzata di abbracci e carezze al momento del trapasso.

L'inferno esiste e noi uomini su questa terra ne siamo spesso i collaboratori. Questo avviene tutte le volte che nel nostro modo di fare privilegiamo il tornaconto, l'immagine, il potere invece dell'ascolto e della dignità di chi mi sta affianco.

Questa collaborazione per l'inferno è avvenuta all'ospedale Moscati di Taranto, ma anche in molte altre parti del mondo. Mi viene in mente la fine – causa Covid – del dottor Li Wenliang, l'oculista che già nel dicembre 2019 aveva avvertito i suoi amici e i capi del suo ospedale a Wuhan (Cina) della presenza di un'epidemia simile alla Sars, ma più potente di essa. Per tutta risposta il povero dottor Li ha ricevuto la visita e le minacce della polizia che gli hanno intimato di tacere se non voleva perdere il posto e andare in prigione per diffusione di "fake news" tendenti a minare il potere dello Stato.

Pochi mesi dopo egli è morto di Covid, contratto da uno dei suoi pazienti, lasciando la moglie con un figlio e con un altro in arrivo.

E che dire delle centinaia di migliaia di lavoratori migranti indiani che a causa del lockdown nelle grandi città dell'India si sono trovati da un momento all'altro senza lavoro, né salario, né cibo, né alloggio? Tutti loro hanno dovuto affrontare anche a piedi la via del ritorno al loro villaggio distante fino a 700-1000 chilometri. Molti di loro sono morti di stenti durante il viaggio.

In questo libro però non si parla di un Paese dalla povertà abissale o di un regime autoritario. Eppure in Italia – è ciò che qui viene sottolineato – vi è stata la stessa incuria verso le persone e la loro dignità, la stessa censura e soffocamento.

Se poi si guarda alle scelte e alle decisioni che sono state prese in tutto il Paese non si può fare a meno di sospettare che esse siano state compiute con la presunzione crassa e "scientifica" di dominare il virus, o più banalmente per scopi di potere o elettorali.

Il cantautore Claudio Chieffo canta: «A questo mondo non ci sarà dunque giustizia?». Forse ci potrà essere qualche giustizia se l'esperienza dell'epidemia da Covid ci apre a un esame di coscienza e ne usciamo più umili, meno presuntuosi, meno legati al budget e più alle persone.

Perché oltre all'inferno, anche il paradiso esiste, dove ci sarà giustizia e verità splendenti e senza veli. E che il paradiso esista ne sono segni i piccoli, molteplici gesti di solidarietà che si sono avverati durante questi anni di dolorosa amarezza. Una dottoressa mia amica che per mesi ha lavorato giorno e notte per i malati di Covid, non riusciva a darsi pace e piangeva per tutti i pazienti che lei e il suo ospedale non riuscivano a salvare. Alla morte di Li Wenliang il web si è riempito di milioni di commenti in suo onore e di critica alla censura poliziesca. Le suore di Madre Teresa e di tanti altri istituti hanno organizzato cucine volanti lungo la strada del ritorno dei migranti indiani per rifocillarli e farli riposare nelle scuole chiuse a causa del lockdown.

Anche a Taranto la solidarietà fra tutti i familiari colpiti dalla stessa disgrazia riempie di commozione e incita i responsabili della giustizia a fare il loro corso.

Certo, rimane il dolore quasi insopportabile del vedersi sfuggire la vita della persona amata, il peso soffocante dell'assenza di coloro che hanno condiviso la nostra vita, la barriera impenetrabile di una morte banale come il male, che è sempre banale.

Ma per questo, unica speranza è la fede. Nessuna sentenza, nessun premio di consolazione, nessun risarcimento ha potere di suscitare la luce nel buio.

Nel Vangelo di san Luca, si narra l'episodio dell'incontro fra Gesù e la vedova di Nain, a cui è morto il giovane figlio (*Luca* 7,11-17). Vi è il "corteo della vita", di Gesù coi discepoli, e quello "della morte" segnato dalla scomparsa del giovane, con tutta la gente che lo accompagna alla sepoltura. Gesù li ferma e dice alla vedova: «Donna non piangere!». E subito dopo gli resuscita il figlio. Il "corteo della vita", con Gesù in testa ha vinto la morte. È Lui che garantisce che la morte dei nostri cari non è stata inutile e che unita alla sua sofferenza porterà frutti buoni per l'umanità e la vita per sempre.

Intanto siamo consolati e confortati dal "corteo della vita", questa amicizia gratuita e solidale che è sorta dalle amare plaghe dell'inferno.

INDICE

EDIZIONI CANTAGALLI
Via Massetana Romana, 12
53100 Siena (Italia)
Tel. +39-0577-42102 – Fax. +39-0577-45363
e-mail: cantagalli@edizionicantagalli.com
www.edizionicantagalli.com